Voyages en Chine

Du pinceau à la tablette

Recueil de nouvelles
ouvrage collectif
2023-2024

Réalisé dans le cadre de l'atelier d'écriture
d'« Atlantique Nantes Chine »

Voyages en Chine

Couverture et mise en page
© 2024 Association Atlantique Nantes Chine

Édition : BoD • Books on Demand GmbH, In de
Tarpen 42, 22848 Norderstedt (Allemagne)

Impression : Libri Plureos GmbH, Friedensallee
273, 22763 Hamburg (Allemagne)

ISBN : 978-2-3225-3859-1

Dépôt légal : septembre 2024

Sommaire

Table des illustrations

Nota : les dessins, peintures et calligraphies de ce recueil ont été réalisés par des adhérents d'Atlantique Nantes Chine.

Préface

Yveline Canal

« Du Pinceau à la Tablette »

Comment écrire le ressac des vagues ou le ruissellement de la pluie ? Comment écrire le vent et le bruissement des feuilles ? Comment écrire les pleurs d'une mère ou les peurs d'un enfant ? Comment écrire les rires et les cris ? Comment écrire la guerre ou la paix, la haine ou l'amour ?

Des mots « mystère » qui flottent au gré des émotions, des mots « flèche » qui s'infiltrent en nous pour nous noyer dans l'inconnu. Des mots « douceur » qui apaisent et des mots « pique » qui dérangent. Des mots « ondulants » pour rire et pour pleurer.

Depuis trois ans maintenant, nous sommes entre amis pour tisser un pont entre la Chine et la France.

Nous espérons que ces micronouvelles vous entraineront vers de nouveaux voyages.

Les contraires

Comme le noir et le blanc, le yin et le yang, « rien » n'est pas le contraire de « tout », mais son complément. Regardez autour de vous, le jour et la nuit, le soleil et la pluie, les océans et les terres, tout se complète.

Ce n'est pas une opposition, c'est un équilibre.

XING BU XING ?
(ÇA MARCHE OU PAS ?)

Yveline Canal

- Papi Ma, pourquoi dis-tu « tout et son contraire » ?
- Petit effronté, dois-je comprendre que je deviens sénile et que je dis n'importe quoi ?
- Mais non ! Je me demande pourquoi tu emploies cette façon de parler, pourquoi tu ne dis pas « tout ou rien » ?
- Eh bien, peut-être que rien n'est pas le contraire de tout. Quelques fois, rien c'est beaucoup. Quand des Français m'offrent quelque chose, ils disent que « c'est trois fois rien ». Et pourtant, ils ont mis beaucoup d'argent dans l'achat du cadeau et ce n'est pas toujours facile de leur offrir l'équivalent.

Et toi, quand tu tombes, on te dit que ce n'est rien, mais toi, tu as mal et tu sais que ce n'est pas « rien » !

Et puis avec « trois fois rien », on peut faire beaucoup de choses. Regarde comment Naïnai fait la cuisine chinoise. Un autre exemple, ta grande sœur, très fière de sa silhouette, nous dit modestement, qu'un « rien » l'habille ; tu sais bien que son armoire est pleine à craquer de vêtements !

Comme le noir et le blanc, le yin et le yang, « rien » n'est pas le contraire de « tout », mais son complément.

Regarde autour de toi, le jour et la nuit, le soleil et la pluie, les océans et les terres, tout se complète. Ce n'est pas une opposition, c'est un équilibre.

- Oui ! je crois comprendre. C'est pour ça que tu dis : « Vrai /pas vrai, grand /pas grand, avoir /pas avoir » ?
- Je vois que tu commences à avoir l'esprit chinois, c'est pour cela ! Tout a un complément, qui ne va pas contre lui, mais qui s'équilibre avec lui. Chacun le répartit comme il le peut, comme il le pense. C'est pour cette raison, qu'il y a du bien dans chacun de nous.
- Mais Papi Ma, tu ne peux pas dire cela ! Il y a des gens profondément méchants qui font du mal aux autres. Regarde ce Maurice Papon, dont on a parlé à l'école, il a envoyé combien de gens à la mort ?
- Oui ! mon petit-fils, je comprends que tu sois choqué, mais il était très vieux quand on l'a jugé, et un homme vieux mérite le respect…
- Va dire ça aux familles qui ont perdu des proches. Et tous ces enfants qui ont été tués, ceux-là aussi auraient aimé vivre et devenir vieux.
- Peut-être, on ne sait pas tout petit-fils ! Cet homme n'avait peut-être pas le choix et on ne peut pas réparer ces choses-là. C'est pourquoi, il faut vivre le moment présent et essayer d'équilibrer les mondes.
Bientôt je vais mourir, mais il ne faut pas que tu considères ça comme la fin de ma vie, mais comme son complément.
- Je n'aimerai pas ce complément Papi Ma, je crois que j'irai te secouer en te demandant « Vivant /pas vivant »,
- Peut-être que cela marchera… ou pas !

DIDI ET GEGE CHEMINENT

Daniel Gorans

Qui pourrait les croire frères ? Pourtant, Gege et Didi sont sortis du ventre de la même mère à quelques temps d'intervalle. Aucun doute possible sur la paternité de leur géniteur, une tache de vin avec grain de beauté en forme d'étoile derrière l'oreille gauche certifie, génération après génération, mieux que l'état civil, l'appartenance familiale. Plusieurs filles les précèdent mais la tradition impose d'avoir au moins un garçon, ne serait-ce que pour s'occuper des anciens et des hommages aux ancêtres, sans compter, dès que leur force le permet, la participation aux durs travaux de la ferme.

J'ai fait leur connaissance un beau jour d'été alors qu'ils cherchaient un peu d'ombre en cheminant sous un soleil brûlant. Leur histoire m'a semblé très étrange. C'est pourquoi je tiens à vous la rapporter de la manière la plus fidèle possible.

Gege est très grand, droit et mince, un peu comme un bambou. Son visage arbore une expression sévère. Il cligne sans cesse des yeux et semble regarder à travers toute chose. Il parle d'un ton sec, surtout pour s'adresser à son frère, toujours à ses côtés. Didi, nettement plus petit est plutôt rondouillard. L'air résigné, il s'efforce de rester souriant et ses propos ne sont pas dépourvus de fermeté, sans toutefois omettre les marques de respect dues à son aîné.

Une lanière de cuir fatiguée enroulée autour de leur taille, les maintient près l'un de l'autre. C'est leur père, las de leurs incessantes disputes, qui l'a installée avec force nœuds savants, avant de les inviter à courir le monde pour y découvrir une vérité qui les mettrait enfin d'accord. Seul l'aîné connait le secret des nœuds et peut les défaire si le cœur lui en dit.

Gege s'installe le premier, le dos appuyé non sans raideur sur le tronc. Didi a suivi avec soin les mouvements de son frère, contraint par la tension du lien de cuir. Sitôt installés, ils se querellent :

- Dépêche-toi de me donner de quoi boire et manger petit frère, la marche et la chaleur m'ont épuisé. N'aurais-tu pas forcé sur la rapidité ?
- Je préfèrerais de loin pouvoir marcher à mon propre rythme. Maudite soit la lanière qui nous retient l'un à l'autre ! Père m'oblige, depuis ma plus tendre enfance, à te servir de guide. Tu as toujours fait comme si tu n'y voyais rien. Souvent, j'en doute.
- Ne recommence pas ou je te corrige ! Depuis trop longtemps tu doutes de mon incapacité à voir. En tous cas je suis absolument certain de pouvoir distinguer le bien du mal. De plus, même la famille le dit, j'ai toujours su mieux que toi ce qui était bon pour toi !
- Tais-toi ! Sans moi, tu serais en perdition et je ne donne pas cher de ta peau si j'arrive à me détacher ! En attendant, voici quelques boulettes de riz et la gourde préparées par notre mère.

- Attention, comme je suis ton aîné et plus grand que toi, tu dois m'en donner une plus grosse part !
- Eh bien, tu n'as qu'à compter les boulettes !
- Ah ! Ah ! Je sais bien que tu vas sans cesse brouiller les pistes en les faisant rouler pour m'empêcher de les toucher. Je ne peux jamais te faire confiance !
- Tu es pourtant bien content que je reste à tes côtés !
- Ça suffit ! Où est mon bol de boulettes ?
- Posé entre nous, comme d'habitude, avec les baguettes. Tu ne veux tout de même pas que je les porte à ta bouche.
- Pourquoi pas, tu es ma chose, tu m'appartiens…Aïe ! Arrête de tirer brusquement sur la lanière. A chaque fois, j'en ai le souffle coupé et ça me met en colère. Tiens, une gifle !
- Raté ! Je m'attends trop à tes coups et je les évite toujours. Tu devrais garder ton énergie pour marcher après le repas.
- Toi aussi. Tâche au moins de trouver l'idée qui nous permettra de retourner chez nous puisque tu es si malin.
- Et pourquoi moi ? Tu es l'aîné et tu prétends être le plus savant. Et je ne crois pas que ce soit en nous querellant continuellement que nous y parviendrons.
- Bien sûr. Donc, comme tu es le plus jeune, c'est à toi de rentrer dans le rang et d'accepter que j'aie toujours raison.
- Jamais ! Plutôt mourir. Ta clairvoyance n'est pas au rendez-vous et, tout se passe comme si ton cerveau portait des œillères. Tu es jaloux de moi et de la liberté dont je pourrais user dès que ce maudit lien aura disparu.

- Jaloux, moi ? Tu prends tes désirs pour des réalités ! Je suis de loin plus fort et intelligent que toi ! Et de quelle liberté parles-tu ? Je te l'ai déjà expliqué mille fois : ta liberté, c'est moi. Je sais que tu as du mal à comprendre mais je finirai bien par te convaincre.
- J'en doute. Tu n'es jamais à l'écoute de mes propositions, sauf par obligation. Par exemple, nous avons croisé un temple et j'ai suggéré d'aller consulter les sages qui y méditent. Tu as catégoriquement refusé.
- Les sages, parlons-en : ils ne connaissent rien à notre histoire et leurs méditations ne sont tournées que vers le ciel. Et puis, la plupart d'entre eux ne sont guidés que par leurs intérêts personnels, leur richesse, leur bien-être.
- Qu'en sais-tu ? Tu n'as jamais discuté avec eux de nos différents.
- Je connais par avance leurs arguments : ils diront qu'il me faut apprendre à me débrouiller sans toi, et brûler l'encens nécessaire à notre salut.
- Tes propos confirment la surdité dont tu es affligé en plus de ta cécité !

Didi tire brusquement sur la lanière. Las de les entendre, je fais choir au milieu de celle-ci une branche lourdement chargée de jujubes. Le lien se rompt. Foi de jujubier, je ne connais pas la suite de l'histoire.

RÊVE ET CAUCHEMAR

Bernard Conseil

Nous sommes à Weifang, la capitale du cerf-volant, mais surtout une ville industrielle ouverte sur l'international. Ce jour-là, la délégation d'une grosse PME nantaise est reçue par le comité de direction d'une entreprise chinoise d'une taille plus importante. L'objectif est de développer conjointement un produit technique très innovant ; l'idée de base a été d'associer les complémentarités techniques, géographiques et culturelles des deux partenaires. Une fois la première partie des négociations terminée, il est convenu que le patron français et le directeur technique chinois en rédigent ensemble en anglais une synthèse.

C'est alors le choc des contraires :

D'un côté une petite entreprise que le patron dirige librement et de façon agile ; de l'autre une lourde structure où le directeur doit en référer aux autorités supérieures. De plus, il lui faut accepter, au sein de l'établissement, la présence d'une cellule du PCC.

Parallèlement, d'un côté, un homme jeune et svelte, qui dans sa vie de tous les jours trouve le temps de faire du sport et de s'occuper de son jardin. Il habite une vieille maison de pierres en bordure de l'Erdre. De l'autre, un individu beaucoup plus âgé et un peu empâté, habitant dans une tour de béton récemment construite avec vue sur le balcon de ses voisins. Il manque de temps, d'autant plus qu'il doit potasser la pensée de Xi Jinping.

Et surtout, d'un côté, une culture cartésienne avec un temps linéaire qui pousse à développer une intelligence de la preuve pour élire la Vérité. De l'autre, une logique où les différences coopèrent pour co-construire, et ce avec une notion cyclique du temps.

Toutefois, un document de synthèse finit par éclore et nos deux partenaires de conclure :

- Nos différences ne doivent pas être considérées comme des contraintes entre lesquelles il faudrait choisir, mais comme des forces de co-engendrement qu'il faut relier et harmoniser.
- Oui, c'est comme dans le jeu de Go, où les adversaires ne cherchent pas comme aux échecs à éliminer l'autre, mais à s'en servir pour gagner !

Le compte-rendu, objet d'une constructive négociation, est prêt à temps avant que les deux compères n'aillent rejoindre, pour le diner, les autres participants autour d'une grande table tournante. Mais pas question de parler du compte-rendu ce soir. Ce sera plutôt échanges de Ganbei's jusqu'à une heure fort avancée de la nuit et pour le patron français quelques démêlés avec les baguettes. Il n'avait pas pris le temps de s'entraîner avant de venir : un cauchemar !

À tel point qu'il rêve la nuit de nouilles baignant dans un bol de potage. Il n'arrive pas à les saisir avec ses baguettes, elles glissent sans arrêt, retombant dans le bol, éclaboussant sa cravate et sa chemise, puis son voisin. Celui-ci se saisit alors du compte-rendu pour s'en protéger, le rendant par là même illisible !

Simultanément, son homologue chinois avec qui il a patiemment élaboré le compte-rendu, jouit d'un merveilleux rêve. Entouré de nombreux cerfs-volants multicolores, il chevauche vers la France un grand oiseau migrateur de légende, réputé porter chance : la grue jaune !

La légende de la Grue Jaune

Un homme du nom de Xin Shi tenait une taverne sur la colline du Serpent à Wuhan. Un pauvre vieillard arriva un jour et lui demanda une bolée d'alcool bien qu'il n'ait pas d'argent. Xin Shi la lui servit. Par la suite l'homme revint tous les jours pendant un an et Xin Shi lui offrit cette bolée car il avait bon cœur.

Le dernier jour de l'année, trainant sur le sol de la taverne une pelure orange, le vieil homme s'en servit pour dessiner une grue sur le mur. Quelques instants plus tard, une grue jaune s'en détacha et le vieil homme dit au tavernier : « Cet oiseau sait bien danser et chanter. Il est magique et te portera bonheur ».

Le tavernier vit par la suite sa clientèle se multiplier car tout le monde voulait voir et écouter l'oiseau. Xin Shi devint alors riche.

Le vieil homme revint une année plus tard et dit au tavernier : « j'ai remboursé ma dette, je dois donc reprendre mon oiseau, qui est aussi ma monture » et il partit alors sur le dos de la grue jaune qui s'envola.

Mettre la pression

En Chine, la compétition est féroce que ce soit à l'école, à l'université ou bien dans le milieu sportif.

C'est ainsi que les parents, les coaches… mettent une pression énorme sur leurs poulains, leur créant parfois des dommages irréversibles tels grande déprime, voire abandon, soit un énorme gâchis.

METTRE LA PRESSION OU LAISSER COULER

Yveline Canal

Juan avait atterri à Shanghai pendant les congés du nouvel an lunaire. À son arrivée, les pétards et les feux d'artifice l'avaient un peu déstabilisé, il avait l'impression d'une ville en temps de guerre. Il avait testé son anglais et les quelques mots de chinois tirés de son téléphone pour acheter à manger et trouver la gare. Il regrettait déjà sa précipitation. Il avait tout quitté pour venir ici, son Espagne natale, sa famille, ses amis et surtout sa passion.

Son destin fut tracé dès que ses parents l'eurent inscrit à l'école de sport de son quartier : il serait footballeur professionnel !

Ses parents avaient tout fait pour le détourner de cette idée. Loin de l'en dissuader, cet acharnement à lui faire changer d'avis avait ancré en lui ce rêve d'étoiles, champion du monde, il sera champion du monde de foot !

- Tu verras, beaucoup d'appelés et peu d'élus, disait son père.
- Que feras-tu quand ta carrière sera terminée ? D'abord ton Bac, assure tes arrières !

Il n'avait pas trop mal réussi, menant de front les études et les entraînements. L'année de ses quinze ans, il avait été repéré par des recruteurs pour intégrer une école de foot. Pendant quelques années, il avait pu nager au milieu de ses rêves. Recruté en équipe B de l'équipe du Real, il commençait à être rémunéré. Il avait une vie saine, malgré les sollicitations de ses copains et l'insistance de sa petite amie, il sortait peu. Il voulait se maintenir en forme et assurer au mieux entraînements, cours en fac et surtout matchs. Les premières rencontres en championnat furent des réussites, on parlait même de lui pour intégrer la tribune des remplaçants de l'équipe première.

Et puis il y eut ce match désastreux qui l'avait conduit ici. Les yeux de sa mère, quand à l'hôpital, le chirurgien lui annonçait, que si son fils remarchait, il ne pourrait plus jamais courir après la gloire. Elle, elle avait commencé à y croire.

Après des mois de rééducation, alternant colère et résignation, il avait entrepris de se trouver une nouvelle voie. Ses anciens coéquipiers ne le laissaient pas tomber, et son agent continuait à l'appeler. Il avait du mal avec cette sollicitude, il voulait éloigner tous les nuages de sa vie d'avant !

- Pourquoi ne partirais-tu pas en Chine ? lui téléphona son entraîneur.
- Leur président veut faire de son pays le leader mondial de foot. Ils recrutent des formateurs ! Je t'envoie le lien !

Il avait envoyé son CV et se retrouvait à la gare de Shanghai en partance pour le centre de cet immense pays. Après plusieurs heures de voyage en train, un taxi le conduisit à destination.

Dans la petite ville, tout était très calme, son contact lui expliquait que pendant les congés du nouvel an, personnel, enseignants et élèves retournaient chez eux. On lui fit visiter les installations. Les 50 terrains de foot, dont plusieurs étaient couverts, occupaient une bonne partie de la surface du complexe. De petits bâtiments très modernes étaient disséminés dans le parc de cette étrange école. Tout était optimisé et les salles de restauration servaient aussi de salles de réunion.

Après qu'il fût installé dans sa chambre, on lui demanda de se présenter au bureau du directeur. Celui-ci le reçut, et dans un anglais qui semblait parfait, l'accueillit, s'inquiétant de sa bonne installation et surtout de ses ambitions.

Juan ne savait qu'en penser ! Des ambitions, il ne pouvait en avoir avant d'avoir vu le niveau de ses élèves !

Pendant les quelques jours qui lui restaient avant l'arrivée des élèves, on lui demanda de visionner quelques entrainements et matchs. Il trouva les méthodes pédagogiques « vieillottes » et coercitives. Les enfants ne semblaient pas très heureux de jouer ou de s'entrainer. Juan s'en départit auprès d'un de ses confrères, un Français, qui lui expliqua que les enfants auxquels il serait confronté n'avaient pas choisi de venir dans cette école. Les parents avaient pris la décision de les scolariser dans l'établissement, pour peut-être, assurer leur vieillesse à eux, un retour sur investissement en quelque sorte !

Jour 1 de sa nouvelle vie.

Les enfants rangés par équipes et par âge, assistaient dès 8 heures au lever des couleurs, s'ensuivait un flash-mob d'un quart d'heure mené par le directeur lui-même. Puis chacune des équipes se dirigeait vers le lieu qui lui était assigné pour les cours ou les entraînements.

Les élèves qu'on avait attribués à Juan étaient petits, cinq ans. Certains s'essuyaient les yeux, on les avait retirés du cocon familial où, pendant quinze jours, ils avaient été choyés par les parents et les grands-parents.

Juan fit connaissance de ces quinze petits bonshommes et eu bien du mal à répéter leurs noms. Soucieux de leur faire oublier au plus vite leurs soucis, il se mit à courir avec eux en forçant son sourire. Pour les encourager à s'échauffer, il fit comme dans la cour de son école, un « loup à toucher ». Les ballons distribués, il demanda à chacun de montrer comment il driblait entre des plots, en avant, en arrière, face à l'adversaire, face à la cible. Les enfants étaient très habiles, le traducteur lui expliqua qu'ils avaient des objectifs individuels et collectifs tant sur le plan sportif que sur les résultats scolaires. Les deux heures se terminèrent par une douche que Juan devait surveiller avec un éducateur. Les enfants sortaient un par un, saluant les adultes et remerciant le professeur.

Le groupe suivant était constitué d'enfants plus âgés, plus graves, plus appliqués, mais pas plus joyeux. Le petit match de la fin du cours fit comprendre à Juan la nature du problème : les comportements stéréotypés et individualisés des joueurs les empêchaient de comprendre le jeu. Jamais il n'arriverait à former une équipe sans esprit de groupe.

Jour après jour, Juan appris à connaître ses petits élèves et surtout à les faire parler. Peu lui avouèrent une passion débordante pour le foot. Ils étaient enfants uniques et on leur avait inculqué très tôt qu'ils auraient charge, quand ils seraient adultes, de leurs parents et peut-être même de leurs grands-parents. Aussi avaient-ils le devoir de « réussir ». Certains lâchaient prise (tangping), incapables de supporter la vie loin de leur famille, élevés comme des petits trésors par les grands-parents, ils n'arrivaient pas à s'habituer aux contraintes de la collectivité.

Juan, bien qu'exerçant sa profession en langue anglaise, commençait à bien se débrouiller avec le chinois, il avait du mal avec les tons mais il se débrouillait assez bien à l'écrit en utilisant le pinyin. Sur le dos de son survêtement son nom et son prénom étaient écrits en lettres majuscules juste au-dessous de la traduction en caractères chinois.

Quelques mois après son installation, le directeur le fit appeler, le félicitant pour ses cours et la réussite de ses joueurs dans les différents tournois :

- Je vois que j'ai bien fait de faire appel à vous, votre nom n'est pas usurpé !

Ne sachant pas quoi penser de cette réflexion, Juan alla voir le traducteur qui lui apprit que son prénom traduit en caractères chinois voulait dire « mettre la pression ». Juan comprenait mieux l'attitude méfiante que lui avaient réservée ses élèves durant les premières semaines.

LE POIDS MORT

Daniel Gorans

Autour de moi, les voix feutrées ne cessent de voler d'un point à l'autre. J'ai un peu de mal à suivre. Je distingue celles qui utilisent ma langue de deux autres, une masculine et une féminine. A ce que je comprends, elles sont françaises : une personne traduit ce qu'elles disent pour les autres participants et inversement. Chacune et chacun à tour de rôle se présente excepté une jeune fille, recroquevillée sur elle-même. Elle refuse de s'exprimer malgré les encouragements des deux Français. Ses parents finissent par parler d'elle et de son problème, motif de la rencontre.

Son père la présente : elle s'appelle Xiao Shengli, petite victoire. Fille unique âgée de 14 ans, elle a toujours été excellente élève, pour le plus grand plaisir de ses parents, tous deux enseignants, et de ses grands-parents modestes paysans. Certes, Xiao Shengli, jolie mais timide, n'a pas d'amis mais elle ne s'en plaint pas, n'aimant rien tant que lire, peindre et écrire des petits poèmes. Ses réalisations font l'admiration de tous ses proches.

Il y a peu, au cours d'une fête familiale, le frère aîné de sa mère, professeur dans une université prestigieuse, après s'être extasié poliment sur une peinture, a demandé à l'adolescente quelles étaient ses notes et si elle songeait à son avenir, en particulier au « gaokao » (baccalauréat). Rougissante, Xiao

Shengli lance un coup d'œil vers ses parents puis évoque son rêve de devenir artiste. Son oncle la tance vertement, ses parents restent bouche bée. Son oncle exige de l'accueillir chez lui durant les prochaines vacances pour la faire travailler sérieusement. Il recommande, en attendant de confisquer livres de poésie et matériel à vocation artistique. Depuis, la jeune fille ne parle plus, pleure et refuse de retourner en classe. Le directeur du lycée a convoqué les parents pour les menacer de renvoyer leur fille si elle ne montrait pas à nouveau l'intérêt qu'elle avait toujours eu pour le travail scolaire.

Les grands- parents téléphonent tous les jours pour parler à leur petite fille et tenter de la convaincre mais elle refuse de leur répondre. L'oncle appelle aussi les parents pour les inciter à rester fermes, affirmant que sa nièce joue la comédie. Les parents essaient tour à tour la douceur, les promesses de récompenses, les menaces. Jusqu'au jour où excédé le père a frappé sa fille. Depuis elle ne s'alimente presque plus, reste enfermée dans sa chambre et, bien entendu, ne va pas davantage au lycée. Un ami médecin a conseillé une hospitalisation. Il a fallu l'aide des voisins pour traîner Xiao Shengli dans la voiture familiale, puis pour l'en extraire et la porter jusqu'au bureau où elle reste mutique face au médecin. Le psychiatre consulté propose de tenter un traitement antidépresseur. Quinze jours plus tard, aucun changement, le traitement n'a pas pu être administré. Une rencontre de la famille avec deux médecins étrangers de passage la semaine suivante est proposée, acceptée faute de mieux par les parents.

Les médecins français, toujours aidés par la traductrice, remercient la famille d'accepter de les rencontrer et de tous les efforts faits par chacun pour trouver une solution. L'homme demande à Xiao Shengli si elle et ses parents sont d'accord pour qu'il lui récite un petit poème en chinois car lui aussi s'intéresse à la poésie. Je perçois immédiatement un changement : la jeune fille se redresse, gigote un peu et cesse d'être un poids mort. Chacun opine, non sans sembler surpris. S'aidant d'un texte imprimé, le médecin déclame le début et la fin d'un poème de Tao Qian : « Retour à la vie champêtre ». Xiao Shengli dit le connaître et se met à pleurer. Sa mère pleure aussi, son père se contient. Une boîte de mouchoirs circule.

Le médecin femme remercie la famille de faire confiance au point de montrer les émotions à des étrangers. Elle propose un exercice sans danger non sans vérifier une fois encore que tout le monde accepte. Elle se lève et vient derrière Xiao Shengli, pose ses mains sur les épaules de la jeune fille et prévient qu'elle va appuyer. Elle demande aux trois membres de la famille d'être attentifs à ce qu'ils éprouvent, si cela leur évoque une situation ou une personne.

Je perçois la pression croissante, la tentative au début pour résister puis, Xiao Shengli s'effondre et devient à nouveau un poids mort, encore plus pesant qu'au début. La femme s'adresse à elle :

-   Je sens que tu as essayé de lutter contre ma pression au début, puis tu es devenue profondément triste et tu as renoncé à tout.

Les pleurs redoublent. L'homme s'adresse à sa collègue :

-   Serais-tu d'accord pour relâcher petit à petit la pression, et toi, Xiao Shengli, pour être attentive au moment où tu sentiras la possibilité de te redresser. Je vous demande aussi à vous, Madame et à vous,

29

Monsieur de bien observer ce qui se passe pour votre fille et si vos émotions varient à un moment donné.

Les pleurs cessent et je sens une discrète cascade de changements.

- Si c'est le bon moment pour toi, essaye de te souvenir des deux derniers vers du poème et fais-moi signe que je peux les dire. Ce sera en français, j'aurai moins la pression, j'aurai moins peur de me tromper et d'être un peu triste de ne pas être compris.

Xiao Shengli relève le tronc, puis la tête, adresse un petit sourire au médecin. Sa mère recommence à pleurer, accompagnée cette fois par son mari. Rejoint par sa collègue, le Français dit :

- Après des années vécues comme en cage, je retrouve l'ivresse du plaisir.

Sa collègue prend le relais :

- Ce n'est pas encore comme à la fin de la poésie mais souvent, quand la pression est trop forte, la dépression s'installe. Vous allez tous trois réfléchir à la meilleure solution pour faire baisser cette pression.

Je ne suis que la chaise de Xiao Shengli, mais j'ai tout senti et compris.

COUP DE THÉÂTRE À LA GRUE JAUNE !

Bernard Conseil

Tout avait commencé par un rêve. Suite à la visite d'une délégation des Pays de la Loire à Weifang, Monsieur Shi avait alors chevauché vers la France un grand oiseau migrateur de légende, réputé porter chance : la grue jaune !

Au terme d'une semaine de vacances en France avec sa femme et sa fille unique Jing, il arrive à Nantes la veille du nouvel an lunaire. Nantes, c'est la ville où habite son interlocuteur de la délégation régionale qu'il a rencontré l'année dernière. Nantes, c'est aussi l'ancienne capitale d'une région rebelle que le Roi de France de l'époque avait réussie, lui, à réintégrer au sein du royaume.

Pourquoi ce voyage en France ? Jing, brillante lycéenne, prépare les concours pour rentrer dans la meilleure université littéraire de Chine, elle se destine à la langue française. Aussi tous les moyens lui sont mis à disposition par ses parents : des cours particuliers avec une française, épouse d'un expatrié à Weifang et surtout ce séjour en France particulièrement construit pour qu'elle progresse dans la langue. Pas un séjour touristique classique, organisé par un de ces nombreux tour-opérateurs, emportant des dizaines de compatriotes dans une bulle sino-chinoise. Au contraire, à part son épouse et lui-même, leur fille ne doit rencontrer aucun Chinois, que des Français de toutes sortes.

D'abord, le voyage s'est fait par Air France, puis à part les deux premières nuits d'hôtel à Paris, ce fut la maison d'hôte avec participation au dîner le soir. L'occasion pour Jing de parler français avec la maîtresse de maison, ainsi qu'au petit déjeuner. C'est Jing qui avait assuré les réservations pour chaque maison d'hôte. Quant aux visites prévues des quelques monuments, ses parents se sont en permanence assurés qu'elle était bien sur le canal français de l'audio-guide et non sur le chinois. Tous les jours, elle devait lire la presse régionale et bien sûr interdiction d'échanger avec ses amis chinois sur les réseaux sociaux. Le portable fût confisqué au départ et un appareil photo de poche offert en échange.

Leur fille a ainsi eu quelques échantillons du parler en France : le guttural alsacien, le chantant de Marseille, le chuintant d'Auvergne, le réputé pur d'Orléans avant le quelconque de Nantes. La famille a eu l'occasion de découvrir le réseau TGV, mais aussi celui du TER au sein de la France profonde.

Revenons à la Cité des Ducs, ce soir, veille du nouvel an lunaire. Ils sont accueillis à Nantes chez Monsieur Duchemin, l'interlocuteur de Monsieur Shi à Weifang. Il se propose de leur faire visiter la ville le lendemain.

Après le diner, Jing surprend au moment du coucher l'expression "Tang Ping" dans la conversation de ses parents. Elle tend l'oreille : sa cousine Yī nuò vient de démissionner d'une grande entreprise chinoise pour réaliser ses rêves de voyages, se contentant de vivre sur ses économies avec quelques petits jobs d'appoint. Monsieur Shi, biberonné aux pensées de Xi Jinping ne comprend pas sa nièce : le Grand Timonier du XXIème siècle n'a-t-il pas rappelé « Retroussons nos manches et travaillons dur » ? La cousine de Jing, âgée aujourd'hui de 30 ans, avait, après de brillantes études, tout sacrifié à sa carrière professionnelle.

Ying ressent cruellement l'absence de son portable, elle aurait tellement voulu échanger avec sa cousine, sa confidente, la grande sœur qu'elle n'a jamais eue. La petite oie gavée de français, aspire à autre chose pour ce nouvel an lunaire. C'est alors qu'en parcourant Ouest Océan, elle découvre un article annonçant, place du Bouffay, une grande fête asiatique, organisée par une association culturelle franco-chinoise.

Au petit déjeuner de ce samedi 10 février 2024, veille du retour sur la Chine, Jing annonce à ses parents :

- Comme Monsieur Duchemin vous fera visiter Nantes aujourd'hui, vous n'aurez pas besoin de moi. De mon côté, j'ai vu qu'il y avait une fête avec un dragon pour le nouvel an. C'est là que je vais, et tant pis, si aujourd'hui, je ne parle pas que français.

Et sur ce, avant que son père ne réagisse, elle a déjà quitté la table. Sa mère a juste le temps de lui dire : « À ce soir, n'est-ce pas ! »

Place du Bouffay, Jing repère une grande jeune femme active, elle a passé 12 ans en Chine et en parle la langue. Elle lui présente quelques jeunes femmes chinoises. Toutefois, Jing reste préoccupée par sa cousine ; aurait-elle bien saisie la conversation de ses parents ? Aussi, réussit-elle à emprunter un téléphone chinois et à joindre Yī nuò par WeChat. Elle lui confirme, oui la pression a été trop forte, je ne supporte plus les horaires 9-9-6, je reste « couchée ».

Après une très agréable journée, où Jing n'a parlé que chinois, sa décision est prise. Elle rappelle sa cousine, pour qu'elle fasse passer un message à son père. Ce sont ces quelques mots que Monsieur Shi reçoit sur son smartphone, alors qu'il est à contempler la grue jaune :

> *Pression trop forte, moi aussi je reste couchée,*
> *mais à Nantes, pas à Weifang.*
> *Vous rentrerez donc à la maison sans moi,*
> *Jing.*

Six mois plus tard, à la rentrée de septembre 2024 et après quelques difficultés administratives, Jing donne des cours de chinois au Lycée Jules Verne à Nantes et accompagne à l'occasion des industriels chinois via l'intermédiaire de Monsieur Duchemin. Elle participe aussi très activement à la vie de l'association franco-chinoise, où elle a rencontré le grand amour : Erwan, un jeune autonomiste breton, passionné par l'histoire de Taïwan.

L'étoile

Des étoiles, on en trouve partout et de toutes les couleurs, voire même au fond d'un verre.

Pour ce qui est du ciel, certaines planètes sont tellement brillantes qu'elles sont prises pour des étoiles.

CINQ BONHEURS

Daniel Gorans

Elle ignorait d'où lui venait ce souvenir. Pourtant, elle avait la certitude d'avoir bu, enfant une infusion ainsi nommée juste avant d'aller dormir. C'était la préférée de ses parents, et même de ses grands-parents.

Petite fille, Hongmei avait été bouleversée par la légende de la tisserande et du bouvier, contée le soir tantôt par son père, tantôt par sa mère. Il n'était pas rare qu'elle fasse semblant d'aller se coucher puis, qu'elle ouvre la fenêtre de sa chambre pour scruter le ciel. Lorsque le temps le permettait, elle observait les étoiles, surtout la voie lactée. Elle essayait d'y repérer les constellations Altaïr et Véga. Le plus souvent, elle devait se contenter de les imaginer, avec le secret espoir d'y découvrir la présence des amoureux séparés. Elle ne parvenait à s'endormir qu'après s'être promis de les réunir un jour. Elle dessinait sans relâche ce qu'elle avait observé sans en être jamais satisfaite. Ainsi naquit sa vocation pour l'astronomie et l'architecture. Après de brillantes études, une chaire d'astronomie architecturale fut créée à son intention, la seule au monde, dans une prestigieuse université de Beijing. Entre deux congrès, elle poursuivait ses recherches sur les étoiles et les constellations, sans négliger son cabinet d'architecte, très sollicité pour la construction de bâtiments officiels ou non. Bien entendu, la forme de chacune de ses réalisations ne pouvait évoquer autre chose que celle d'un astre.

Aujourd'hui, elle rend visite à ses vieux parents installés dans une luxueuse maison de retraite à Qingdao, au bord de la Mer Jaune dans le Shandong. Hongmei n'a ni la place, ni la disponibilité pour les accueillir chez elle en plus de son mari et de leur fils très bruyant et remuant. Ils vivent dans un petit appartement en attendant le pavillon qu'ils font construire au sein d'une résidence pour V.I.P. Les travaux s'éternisent, la rumeur d'une faillite circule. De toute façon, son mari, étoile montante de la municipalité, est hostile à l'idée de loger ses beaux-parents, sauf si sa propre mère, désormais veuve, vient aussi habiter chez eux. Il travaille avec sa femme comme architecte et est devenu méfiant depuis qu'il a vu plusieurs amis disparaître du jour au lendemain : quelques sous-entendus lui avaient fait comprendre qu'il pourrait être le prochain, suspecté de corruption du fait de sa double fonction d'édile et d'architecte. Il a de plus, contre l'avis de sa femme, investi dans une entreprise de construction. Hongmei redoute que les problèmes de son mari ne rejaillissent sur elle, comme les gerbes d'étincelles formant la queue des étoiles filantes. Elle a demandé le divorce. Les relations à la maison sont tendues. C'est pourquoi depuis quelques temps elle se préoccupe davantage de ses parents et multiplie les visites.

Elle n'a eu aucun mal à les faire admettre l'an dernier, lors de l'inauguration, le septième jour du septième mois du calendrier lunaire. Étant l'architecte de ce bâtiment, elle n'a même pas eu besoin de « passer par la porte de derrière » pour obtenir l'installation de ses parents dans la chambre la plus confortable du dernier étage. Bien entendu, vue du ciel, la maison de retraite a une forme d'étoile à cinq branches.

L'avancée devant la porte des admissions est surmontée de quatre grands caractères rouges : Niulang et Zhinü, le bouvier et la tisserande. A chaque étage les ailes sont disposées autour d'un espace central circulaire. Chacune porte un nom de constellation. Dans le cercle sont regroupés les locaux administratifs et du personnel d'entretien, les salles d'activité ou de repas, les salles de soins et les bureaux des médecins, infirmières, personnel paramédical. Au sous-sol s'affairent les cuisiniers.

Hongmei ne vient jamais les mains vides. Un petit présent pour le personnel, souvent du chocolat et, un cadeau pour ses parents. Elle sait que ce qu'elle a trouvé pour eux leur fera grand plaisir. Il lui a fallu des recherches sur internet et la mobilisation d'amis connaisseurs aux quatre coins du pays, mais ses efforts sont enfin récompensés.

Sa mère ouvre avec fébrilité le joli paquet cadeau sous le regard curieux de son époux. Tous deux poussent une exclamation devant les deux sachets : l'un de « lotus parfumé à neuf rangs » appelé « cinq bonheurs » dans la famille, l'autre de badiane.

- Cela fait si longtemps que nous n'avons pas dégusté ce divin breuvage ! Va vite demander trois verres à thé. L'eau chaude est déjà là, dans la thermos.

Hongmei, très heureuse, se précipite hors de la chambre. Elle a à peine le temps de formuler sa demande à un jeune agent d'entretien que son téléphone portable sonne. Elle veut l'extraire de son sac à mains mais presse par mégarde le petit flacon de désinfectant, toujours en place depuis la pandémie. Son smartphone se transforme en savonnette et lui échappe. Un médecin de passage veut intercepter l'objet, toujours en train de sonner. Il s'étale de tout son long sur le sol mouillé par un lavage généreux en eau et détergent et échoue. Alertés, deux agents de sécurité accourent, l'un veut attraper le téléphone, l'autre relever le médecin. S'en suit une mêlée d'où jaillit l'objet désormais muet. Sa course s'achève sous une armoire.

Hongmei, paralysée, assiste, entre rires et larmes, à la scène autour de laquelle un petit attroupement s'est formé. Elle se ressaisit, aide les uns et les autres à se relever non sans remercier chacun. Elle essuie son téléphone, récupéré habilement à l'aide d'un manche à balai. Les verres à la main, elle retourne dans la chambre de ses parents. Nouvelle sonnerie. C'est son mari. Il lui demande d'aller chercher leur fils à l'école : il vient d'être arrêté. Hongmei s'évanouit.

Lorsqu'elle se réveille, sa mère lui tend un verre brûlant :

- Tu prendras bien un peu de « cinq bonheurs », la fleur de lotus s'est ouverte, belle comme un astre ; j'y ajoute la badiane, l'étoile anisée que tu aimais tant autrefois.

Hongmei contemple, fascinée, l'inexorable descente au fond du verre de la petite étoile presque rouge.

L'ÉTOILE ROUGE
(la réponse du berger à la bergère)

Bernard Conseil

- Wong Li ! Debout et plus vite que ça, aujourd'hui c'est le jour de votre procès.

Alors que je dormais profondément sur la planche qui me sert de lit, je suis brutalement réveillé par le gardien. Cela fait quelques semaines que j'ai été arrêté, puis jeté en prison sans savoir pourquoi.

Je ne suis pourtant qu'un simple professeur d'astronomie et ce jour-là, mon crédit social était correct. Plutôt que d'enseigner à calculer la trajectoire des planètes et celles des sondes spatiales pour les rejoindre, j'aurais mieux fait de me pencher sur l'astrologie pour anticiper mon proche avenir. Quoique : à l'époque des Mings, les astrologues qui se trompaient dans leurs prévisions perdaient la tête, même s'ils l'avaient dans les étoiles. Aujourd'hui, il me sera plus facile de prédire la marche des planètes, que les prochains événements de ma propre vie.

- Wong Li !

Cette fois-ci c'est la voix du juge qui me tire de mes réflexions.

- Vous êtes accusé d'avoir porté atteinte à l'honneur et à l'intégrité du Parti Communiste Chinois, et ce, le jour même de l'ouverture de son congrès, vous avez annoncé la perte de son éclat et prédit sa disparition à terme vers l'occident.
De plus, vous avez accusé l'Armée Populaire de Libération d'être belliqueuse. Je vous rappelle qu'elle n'a jamais attaqué quiconque. Elle n'a fait que défendre les territoires qui lui reviennent de droit, à savoir toute la Mer de Chine, Île de Taïwan comprise.
- Mais Monsieur le Juge, je n'ai jamais rien publié de tel qui puisse porter atteinte au Parti et à son Armée !
- Faux ! Nous avons des preuves accablantes à propos de vos publications sur les réseaux. Ainsi, grâce à l'Intelligence Artificielle, développée par nos brillants ingénieurs, nous avons repérés deux phrases de vous !
- Ah ! Lesquelles, Monsieur le Juge ?

- Wong Li !

Le juge élève la voix et de son regard sévère me fixe droit dans les yeux.

- Wong Li ! Les avez-vous bien écrites ? Je cite cette première phrase :
"L'étoile rouge brille aujourd'hui de son éclat maximal et cela pour encore quelques semaines. Puis progressivement alors qu'elle se dirigera vers l'ouest son éclat s'éteindra, puis elle disparaitra à l'occident."
Maintenant, votre seconde phrase relevée par l'IA,

41

est-elle exacte ?

"Pour les cultures occidentales, elle est le signe de la guerre et des conquêtes belliqueuses".

- Oui Monsieur le Juge, j'ai bien écrit tout ceci. Mais l'étoile rouge à laquelle vous venez de faire référence, n'est pas du tout celle du Parti ; il s'agit de la planète Mars. Le jour de l'ouverture du congrès, elle était précisément en opposition, à savoir au plus près de la terre.

À ce moment-là, un assesseur porte un papier au juge. Il le parcourt rapidement, son visage se détend et me déclare alors d'un ton un peu narquois :

- Monsieur Wong Li, on vient de m'apporter un texte retrouvé dans votre cellule. Cette fois-ci, il n'est pas question d'un commentaire sur l'étoile rouge, mais d'une courte nouvelle sur l'étoile du berger. Elle est intitulée "L'astronome et sa lunette".

Or cet écrit, que voici, contrevient aux bonnes mœurs, vous ferez donc encore une dizaine de jours de prison avant de recouvrer la liberté et de retrouver vos élèves.

L'ASTRONOME ET SA LUNETTE

Wong Li

C'est toi que j'ai rencontrée un soir d'hiver au coin de ma rue. Tu m'étais apparue brillante, souriante, certes petite et plutôt rondelette. Tu avais déjà une grande expérience de la vie. Hélas, tu n'as pas toujours été heureuse.

Ton mari, forgeron de métier, est du genre colérique, voire même volcanique, de plus il est laid et boiteux. Toi, très avenante et surtout séduisante, tu essayes d'aller à la rencontre d'autres hommes. Ainsi tu as tourné longtemps autour d'Hélios, un sacré séducteur, un bel Apollon, au regard étincelant, toujours vêtu d'habits pourpres.

Puis au début du printemps, je t'ai revue, cette fois-ci depuis la fenêtre de ma pièce de travail. Un peu capricieuse, tu ne te montrais pas tous les jours. Ça dépendait de l'humeur du temps. Par contre, à chaque fois, tu m'apparus de plus en plus brillante, de plus en plus gracieuse et de plus en plus séduisante. Peut-être que tu avais perdu un peu de tes rondeurs et que ta taille s'affinait. Plus je t'observais avec ma lunette, plus tu me plaisais, au point que j'en parlai même à mes amis de cette envoutante rencontre.

Mais, il n'y avait pas que moi qui t'avais remarquée. Un jeune soldat, au bel uniforme rouge, était tombé amoureux de toi. J'ai cru comprendre que tu n'y étais pas insensible non plus.

43

Il lui prit l'idée insensée de vouloir t'offrir une bague. C'est alors que sous le regard courroucé de son chef, il regardait avec envie les beaux anneaux que je remarquais presque chaque matin à sa portée. Il voulut t'en passer un au doigt. Comme il ne pouvait pas se déplacer facilement, il lui fallut alors trouver un messager pour te l'apporter. Toutefois, le seul capable de le faire et en qui il avait toute confiance était, en ce moment, de service le soir. Il lui faudra alors attendre un meilleur alignement des planètes.

Pendant ce temps, tu paraissais encore plus grande et ta taille s'affinait. Parallèlement ton habit de lumière te couvrait de moins en moins et ta nudité se révélait en conséquence de plus en plus à travers l'oculaire de ma lunette. Pourtant, quand je te dévisageais avec attention depuis ma fenêtre, j'avais le sombre pressentiment que l'éclat de ton teint allait s'évanouir de jour en jour.

Puis, tout récemment, tu disparus de ma vue un soir derrière les toits, toi, Vénus, l'étoile du berger.

Par ordre d'entrée en scène :
Vénus, Terre, Soleil, Mars, Jupiter, Saturne et Mercure.

Encre de Chine

En plus des cours de chinois, l'Association Atlantique Nantes Chine assure aussi calligraphie et peinture (*).

Dans ce cadre, des peintures ont été réalisés en noir et blanc à l'encre de Chine, ainsi qu'en couleurs.

Certaines ont alors inspiré les auteurs des nouvelles de ce chapitre, à moins que ce ne fut une pierre à encre.

(*) https://atlantique-nantes-chine.fr/

DES RONDS DANS L'EAU

Yveline Canal

Niola vient me voir tous les soirs depuis une année, peut-être qu'elle venait avant, mais je n'étais pas née. Elle pleure, ses larmes salées font des ronds dans l'eau de la mare. Je ne suis pas très habile à consoler les petites filles, mais je sais très bien écouter. Niola dort peu, ce n'est pas grave. Le père dit qu'il n'a plus assez d'argent pour nourrir toute la famille et payer l'école de la petite. La mère dit qu'elle va trouver du travail. Pour Niola ce sera plus de tâches ménagères. Les parents, dans l'espoir de donner naissance à un garçon, ne l'ont pas déclarée et elle n'a pas le droit de sortir. Elle ne peut pas aller à l'école, alors la nuit, quand tout le monde dort, elle vient me voir. Elle met les habits de sa mère en ajoutant une ceinture pour les maintenir à sa taille.

Au bord de la mare, Niola fait glisser ses doigts à la surface de l'eau qui se ride, j'aime ça.

A la maison, Niola s'occupe du ménage et des repas. Quand la petite sœur rentre de l'école, elles se penchent toutes les deux sur les manuels scolaires. Meimei lui apprend ce qu'on lui a enseigné dans la journée. Pour la récompenser, Niola lui dessine des petits animaux sur les pages d'un cahier. Observatrice, Niola, est capable de croquer d'un trait de crayon les plus petits habitants de la mare, elle sait aussi capturer l'instant où ils se mettent en mouvement. Ainsi au fil des pages et des mois, Niola a dessiné et colorié des grenouilles, des têtards, des papillons, des phasmes, des coccinelles, des fourmis et surtout des libellules pour lesquelles elle a une affection particulière. Sous chaque dessin elle écrit, à l'aide de sa petite sœur, le nom par lequel les habitants de cette région désignent l'animal. Un jour elle a dessiné mon habitat, cette grande feuille verte et cette fleur de lotus qui monte vers le ciel, j'aurais pu, si j'avais su voler, me poser sur le dessin.

Cette nuit Niola est venue plus tard qu'à l'accoutumée. Son père avait trop bu, il a beaucoup crié. Niola et la petite sœur se sont réfugiées sous le lit en se bouchant les oreilles. Meimei a fini par s'endormir, mais Niola est inconsolable. Son père a dit qu'elle était une larve, laide et inutile, qu'il aurait mieux fait de la noyer à la naissance.

Je voudrais lui dire qu'une larve, n'est ni laide, ni inutile, même si elle mange beaucoup. Je voudrais lui dire qu'un jour, elle se transformera. Je voudrais… Mais les mots me manquent, je ne sais pas parler, je ne sais que nager, je ne suis qu'une larve !

Quand elle est entrée dans la mare, je me suis mise à tourner autour d'elle, elle a souri et s'est enfoncée dans l'eau. Ses cheveux flottaient et formaient de jolies algues entre lesquelles je dansais, ses yeux se sont fermés.

Les parents n'ont pas réclamé le corps de Niola, ils auraient eu à payer l'inhumation et les indemnités pour avoir eu deux enfants.

Dans la petite ville on parla un peu de cette petite fille qui s'était noyée dans la mare, la vie est si difficile, et une petite fille ce n'est pas très important, il y en a tant qui attendent à l'orphelinat.

Chez Niola, la petite sœur et les parents pleuraient en silence. Leur grande fille ensoleillait leur maison avec ses rires, ses chants et ses dessins, un grand froid planait à présent sur leur foyer.

Quand le printemps s'installa, j'avais fini ma transformation, je m'envolais enfin vers la maison de mon amie. Petite sœur venait d'arriver de l'école. Elle se mit à crier en me voyant : « Mama, Mama, Niola est revenue ! » La maman accourut dans la chambre, une libellule était posée sur la feuille de lotus du dessin de Niola.

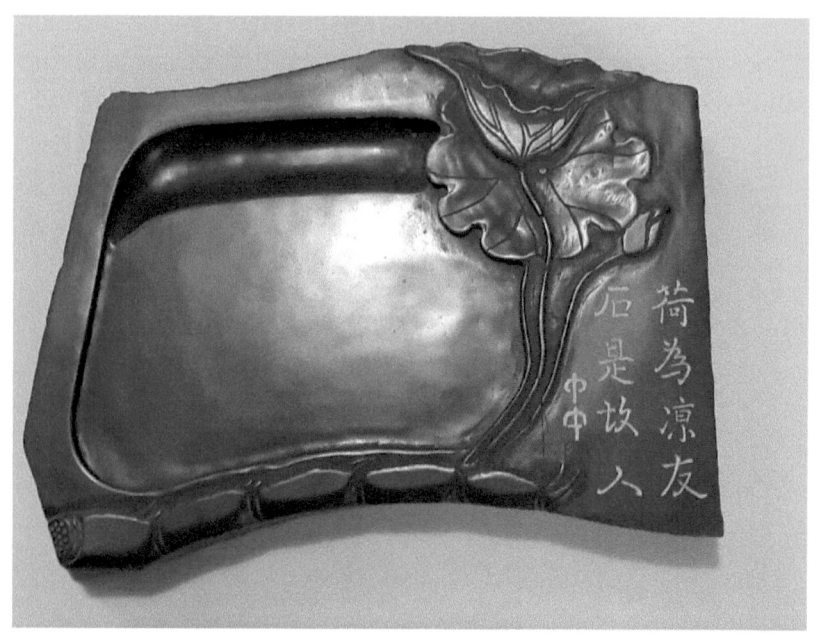

Pierre à encre
(collection personnelle)

CARESSES DE PINCEAUX

Daniel Gorans

Je n'aime rien tant que me sentir effleurée par les pinceaux de toute taille. Je suis chatouilleuse et ne puis résister à l'envie de rire. En silence, cela va de soi. Je dois sembler impassible à mon maître, celui qui les manie avec tant de talent. Il reste très concentré pour la précision constante de son geste. Parfois, ses intimes sont autorisés à m'approcher et à admirer les réalisations auxquelles j'ai contribué. Au passage, certains s'intéressent à ma présence et posent des questions sur mon origine.

Les jours fastes, mon maître accepte de dévoiler quelques aspects de son art. Il commence par déployer une large feuille de papier de riz devant moi et dispose des poids près des bords et des angles afin de l'immobiliser. Il se saisit d'un bâtonnet noir et obtient l'encre en en frottant l'extrémité dans un peu d'eau. Ce n'est pas deux fois pareil : selon le pinceau décroché du support où il l'a mis à sécher au côté d'autres plus ou moins grands, selon la taille, l'épaisseur et le grain de la feuille, la densité du liquide noir ou presque noir, les résultats varient.

Le pinceau en main, il réfléchit ou médite, je ne sais trop, en caressant sa barbiche blanche de la main libre, puis, soudain, trempe le pinceau dans l'encre et, avec majesté, l'envoie en

51

mission à la rencontre de la feuille pour négocier l'apparition d'une trace harmonieuse. Il contemple ensuite le résultat avant de décider s'il se lance dans la calligraphie d'un poème (ceux de la période Tang ont sa préférence, il en connait un grand nombre par cœur) ou dans un dessin, fleur, animal, personnage ou paysage. A un moment, il semble satisfait du résultat, apporte quelques ultimes retouches puis appose avec solennité son sceau imprégné d'encre rouge. Plus détendu, il s'adonne au rituel du nettoyage et du rangement de ses instruments. Le thé, préparé dans les règles par celle ou celui le plus expérimenté en la matière, est servi sur une table basse disposée à cet effet dans son bureau.

Mon rôle s'achève et cette fois encore, j'ai réussi à ne pas broncher malgré tous les assauts et les chatouilles subis. En même temps que le thé, mon maître boit les commentaires flatteurs de ses invités. Je ne parviens pas à savoir si le discret sourire affiché sur son visage est lié à la qualité du thé ou au plaisir d'être comparé à quelques grands artistes. Je perçois que les protestations à ce sujet ne sont pas dénuées de fausse modestie. Je suis convaincu que les amis calligraphes présents n'en attendent pas moins de lui lorsqu'il sera invité à une séance analogue chez eux.

Quant à moi, malgré mon immobilité forcée et ma froideur apparente, je n'aime rien tant que me raconter des histoires. Il m'arrive d'imaginer que je suis incapable de résister aux chatouilles. Je m'agite, mon maître tente en vain de me plaquer sur le bureau, il lâche le pinceau coupable, le pinceau choit sur la feuille et la macule d'encre, j'entends des jurons. L'encre s'y met et, secouée en tous sens passe par-dessus bord, coule sur le splendide bureau en sycomore pour s'y inscrire de manière indélébile. Ne sachant plus où donner de la tête, mon maître demande de l'aide, sa femme arrive, retourne en hâte chercher éponges, chiffons et papiers absorbants, se fait insulter par son mari qui l'accuse de vouloir aggraver les dégâts, lui envoie l'éponge à la figure. De surprise, il heurte la table à thé et la renverse. Il perd alors à mes yeux ses grandes qualités de sérénité à toute épreuve et je me sens un peu vengée de mon statut parfois intolérable.

Il m'est même arrivé d'avoir des pensées plus coquines, il faut bien savoir que je ne suis pas de marbre. Sur une grande feuille, mon maître a représenté une très jolie jeune femme à moitié dénudée. Il a pour cela utilisé des mélanges d'encres de couleur, plutôt dans les tons pâles ou rosés. Sa création sourit si bien qu'elle pourrait être qualifiée de créature, plutôt de la nature des renardes. D'ailleurs, il l'a représentée avec une queue de renarde. Au fil de sa réalisation, il s'agite, chantonne, récite un ou deux poèmes grivois, commence à se dévêtir… Son épouse surgit, étonnée du bruit inhabituel dans le bureau. Je vous laisse imaginer la scène de ménage qui a suivi, à mon plus grand plaisir : sachez que la sérénité est souvent très ennuyeuse, même si elle est à la source de calligraphies et de peintures admirables.

Il est temps de vous renseigner davantage sur moi. Qui suis-je ? Ai-je donc une âme pour me permettre de penser, ressentir, rêver ? Je sais qu'un poète occidental a écrit quelques vers pour évoquer cette possibilité. Je voudrais bien pouvoir lui confirmer mais je le crois malheureusement hors d'atteinte.

En tous cas, je suis née dans une carrière et une opération douloureuse m'a permis d'exister. Puis j'ai été sculptée, polie, lustrée. Un jour, transportée dans un coffret dont les garnitures étaient faites pour me protéger j'ai senti que des mains humaines me passaient à d'autres mains humaines : c'est alors que je croisai pour la première fois le regard admiratif de mon maître.

J'étais sa récompense pour un concours de calligraphie qu'il venait de remporter. Dans ses yeux j'ai pu lire le plaisir de me soupeser, d'imaginer comment il allait m'utiliser, de découvrir les caractères et les sculptures qui m'ornaient. Il a cérémonieusement embrassé la très jolie femme porteuse du cadeau, prononcé un bref discours de remerciement et, aussitôt que la politesse le lui a permis, s'est éclipsé avec son précieux coffret. Arrivé chez lui, il a demandé à son épouse de le suivre dans son bureau et ils se sont penchés affectueusement sur moi comme si j'étais leur enfant, eux qui n'en avaient point. Mon maître m'a installée avec mille précautions sur son bureau pour y remplacer une petite consœur. Je suis sa pierre à encre pour toujours !

LE MIEUX EST L'ENNEMI DU BIEN

Bernard Conseil

De retour dans sa cellule Wong Li est décontenancé. Les éléments récents l'ont balloté comme dans un jeu de dés. Son post sur la planète Mars a été très mal interprété par l'IA de la censure, il a risqué une longue peine de prison. Heureusement que sa nouvelle "l'astronome et sa lunette" a été habilement utilisée par le juge pour que celui-ci ne perde pas la face, une fois sa méprise étalée devant le tribunal. Ceci dit, il lui reste encore dix jours de prison à effectuer, alors que la rentrée universitaire approche. Il sortira la veille de retrouver ses étudiants, c'est impensable.

C'est alors que surgit l'idée d'écrire une autre nouvelle, qui cette fois devra plaire au juge. Peut-être alors le libérera-t-il plus tôt. Donc, ne lui reste plus qu'à écrire ce texte et à trouver un moyen pour lui faire parvenir rapidement. Toutefois, il est hors de question d'écrire un texte trop propagandiste à la gloire du pays et encore moins à celle du parti. Il ne sacrifiera pas son amour propre pour 10 jours supplémentaires de captivité.

Se rappelant la phrase du juge : "la Chine n'a fait que défendre les territoires qui lui reviennent de droit, à savoir toute la Mer de Chine, Île de Taïwan comprise.", il pourrait dans sa nouvelle suggérer une emprise chinoise beaucoup plus élargie qu'à la seule Mer de Chine. Ce pourrait être sur le Pacifique sud les iles de Tuvalu, Vanuatu, Solomon et pourquoi pas la Nouvelle Calédonie, idéalement située et riches de ressources naturelles. Parallèlement, pour flatter son interlocuteur, le récit pourrait même pousser l'expansion de la Chine sur l'Univers. Sa connaissance des planètes qu'il partage avec ses élèves l'aiderait dans son dessin.

Il passe la nuit suivante à l'écrire dans sa tête, tout en regardant la lune briller au travers de la petite lucarne grillagée au-dessus de sa paillasse. Mais il découvre au lever que tous ses crayons et papiers ont été saisis lors de son passage au tribunal. Après bien des péripéties, qu'il serait impossible de décrire en moins de mille mots, il finit par obtenir papier et crayon. Il la couche aussitôt sur le papier et laisse les quelques feuillets bien en évidence sur sa paillasse.de retour de la courte promenade avec les autres détenues dans la cour fermée et grillagée, le document a disparu. L'espoir renait.

Le lendemain matin, très tôt, alors qu'il terminait sa nuit (très agitée), il entend le gardien crier :

- Wong Li ! Debout, le juge veut vous revoir.

Une heure plus tard, après le transfert en fourgon cellulaire, il arrive au tribunal, cette fois-ci directement dans le bureau du juge.

- Wong Li, votre texte nous plait beaucoup. Vous glorifiez la Chine très délicatement sans tomber dans les travers insupportables de nos habituels propagandistes.
- Monsieur le Juge, vous me flattez.

- Aussi pour l'intérêt du Parti et de la Chine, nous vous demandons de joindre dès aujourd'hui la cellule centrale de communication. Vous êtes de ce fait un homme libre.
- Mais mes élèves m'attendent la semaine prochaine !
- Ce n'est pas un problème. Un de vos anciens élèves, très brillant, vient d'être nommé pour vous succéder.

ÉCLIPSE DE SOLEIL DANS L'HÉMISPHÈRE SUD

Wong Li

Après un long voyage, nous arrivons enfin à destination : une construction expérimentale réalisée avec le maximum de matériaux trouvés sur place et conçue pour être entièrement autonome en énergie et eau, voire presqu'en nourriture.

C'est Ethan, originaire de l'île de la Réunion qui nous reçoit.

- Bienvenue dans ce bâtiment révolutionnaire. De plus aujourd'hui, vous aurez la chance de voir une éclipse de soleil, comme jamais vue auparavant !

Dans la pièce de vie centrale nous croisons d'autres scientifiques dont un botaniste, un ichtyologiste et un diététicien. L'éclairage est assuré par quelques hublots, ils laissent passer la lumière solaire très puissante à cet instant ; compte tenu de sa force, le verre est traité pour limiter la puissance du rayonnement, de même il arrête pratiquement tous les ultra-violets.

Ethan se propose alors ne nous faire visiter les lieux avec force explications. L'enveloppe extérieure nous isole, entres autres, des excès de la température extérieure, elle a été réalisée avec l'aide d'un outil de construction en 3D ; on utilise le matériau très présent dans les environs, une sorte de sable poussiéreux qui est aggloméré à l'aide d'un liant à base de polymères. Pour être encore plus autonome, il est envisagé pour la future extension du bâtiment d'utiliser de l'urée, elle présente des propriétés physico-chimiques équivalentes ; les occupants paieront ainsi de leur personne ! Afin de limiter les besoins en matières premières, tout en gardant la rigidité de la structure, on s'inspire de celle pleine de vides des os d'oiseaux, très résistants et surtout très légers.

Puis en vue de nous expliquer la gestion de l'énergie et le contrôle de la circulation des fluides, il nous conduit dans une petite salle où la bonne marche des installations est assurée grâce à une multitude d'écrans, quelques claviers et des tableaux électriques. C'est ainsi qu'avec le support d'un réseau Ethernet redondant l'opérateur présent contrôle la stabilité du réseau électrique et l'état de ses batteries au lithium, la circulation de l'air, sa filtration, son hygrométrie et sa température, la constance du puisage de l'eau, sa qualité pour les usages domestiques et la satisfaction des besoins agricoles et piscicoles de la serre, ainsi que plein d'autres paramètres.

L'ensemble est aussi éclairé par des hublots du même type. Nous découvrons alors, sur la ligne de crête du cratère, une série d'héliostats. Ils suivent en permanence la course du soleil, quant à leurs cellules photovoltaïques, elles sont d'un type révolutionnaire issu de la recherche spatiale avec de très bons rendements compte-tenu du spectre radiatif du soleil en cet endroit. Pointant son doigt vers le bas, l'opérateur nous indique les installations au fond du cratère, on y distingue des têtes de puits :

- C'est de là qu'on extrait l'eau souterraine par un procédé spécifique.
- Tu nous l'expliqueras plus tard, l'interrompt notre accompagnateur. D'ici une demi-heure, il y a l'éclipse de soleil, il faudra qu'on soit alors dans la serre. Il ne te reste que quelques minutes pour leur expliquer l'usage de cette eau.
- Ok ! Donc une fois extraite une part en est hydrolysée pour séparer l'hydrogène qui nous servira à fabriquer le carburant pour notre retour et l'oxygène dont une partie sera utilisée pour le bullage des aquariums.

Quelques minutes plus tard, nous nous dirigeons vers la serre. Préalablement, Ethan nous distribue un masque de protection pour nos yeux.

- Pour accélérer la production des plantes et la croissance des algues dans les aquariums, les verres de la serre laissent passer toute la puissance et le spectre du rayonnement solaire, nous le complétons avec des lampes U.V. de forte intensité. Parallèlement nous augmentons la teneur en CO_2 de la serre en le prélevant sur le circuit retour du traitement d'air.

Nous pénétrons alors dans la serre, chaude et humide, elle a la forme d'un dôme, elle est percée elle aussi de nombreux hublots avec une vue extraordinaire sur le ciel environnant et le soleil éblouissant ; à partir du sol, se succèdent sur plusieurs niveaux, des aquariums et des plateaux couverts de végétation, tous reliés à de nombreux circuits d'eau et d'appareils de mesures et de contrôle. À propos d'une question sur le bilan agricole et piscicole, notre guide ajoute :

- Nous sommes pratiquement autonomes, parmi les provisions importées de l'extérieur, outre le sel, on trouve de l'huile pour notre cuisinier et du thé pour tout le monde.

Puis regardant sa montre, alors que d'autres scientifiques nous rejoignent :

- Maintenant il temps de se préparer pour l'éclipse de soleil. Voici d'autres lunettes, beaucoup plus épaisses, qui vous permettront de le regarder en face.

Soudain le soleil est grignoté ! Quelques minutes plus tard, l'obscurité est totale dans la serre et seules quelques brides de conversation troublent le silence ambiant :

- C'est marrant ici, depuis que j'observe la course du soleil, je le vois aller de droite à gauche, à l'inverse de chez nous. Surprenant aussi, qu'il soit si bas sur l'horizon.
- Bin, c'est normal, d'abord nous sommes dans l'hémisphère sud et ensuite nous sommes très proches du pôle sud.
- En tous cas c'est extraordinaire ! C'est la première fois de ma vie que j'observe une éclipse de soleil depuis la lune !

L'ascenseur

L'ascenseur c'est l'appareil qui sert à monter (et aussi à descendre) des personnes aux différents étages d'un immeuble, voire d'un gratte-ciel. En Chine, c'est parfois l'occasion d'un exploit technique qui permet d'atteindre les hauteurs, d'où peut être admiré un panorama époustouflant.

Par contre, quand les oiseaux veulent monter au ciel, ils ne prennent pas l'ascenseur. On parle alors d'ascension.

TOUJOURS PLUS HAUT

Yveline Canal

De tous temps, Linna me poussait à faire ce que je ne pensais pas être envisageable. Bébé, c'est elle qui s'avançait la première pour être nourrie et soignée. Quand nous avons dû quitter le nid, elle s'est élancée, avant tout le monde, elle criaillait, pataugeait en gesticulant pour que je la rejoigne. Elle n'attendait jamais longtemps, je n'aime pas la solitude, et puis c'était le moment « juste », celui choisi par la nature.

Un matin d'automne, grosse effervescence sur l'aire d'envol. Toute la communauté se préparait, les adultes comme les jeunes. Les bords du lac bruissaient de mouvements d'ailes qui s'ouvraient et se refermaient dans un concert de cancans. La Mongolie Intérieure devenait une terre inhospitalière pour notre race, trop froide et plus assez de nourriture. Les premières gelées avaient déjà blanchi les arbustes et les bords du lac crissaient sous nos pattes engourdies. Les plus âgées de nos congénères tournoyaient déjà dans le ciel attendant le signal de notre guide suprême. Dans un même élan, tout le groupe s'est soulevé, enlevé par un grand courant d'air.

Mon amie n'arrêtait pas de bavarder : « Tu verras, on fera le tour du monde, on va traverser les nuages, nous visiterons des nouvelles contrées ».

Nos compagnes plus âgées ne parlaient pas autant, elles, elles savaient les difficultés à entreprendre un pareil voyage, elles savaient que beaucoup d'entre-nous ne reviendraient pas en Mongolie pour fonder une famille.

La première partie du voyage se faisait sans aucune difficulté, nous avions été formées et éduquées par nos parents pour profiter du moindre courant d'air chaud ascensionnel. En quelques battements, nous avions atteint les dix mille mètres.

Un rêve pour Linna et moi, nos plumes posées sur des nuages, nous fermions les yeux. Un rêve pas toujours éveillé, notre particularité physique fait que nous pouvons respirer à des altitudes inégalées par les autres animaux. Nous pouvons aussi nous reposer tout en continuant de planer. Mon amie toujours à mes côtés, nous suivions notre guide, celle qui savait, celle qui avait tenté ce voyage dix fois.

Les plus hautes montagnes du monde se découpaient dans le ciel. Nos parents nous avaient prévenues, c'était la partie la plus périlleuse du voyage. Nombre de nos sœurs n'avaient pas survécu à cette ascension.

- « Restez en formation, le moindre écart peut causer une spirale d'aspiration et notre groupe pourrait être décimé ! »

L'Himalaya passé, nous survolions des contrées plus au sud tout en nous dirigeant toujours vers le soleil couchant. C'était sans doute notre destination. Dix jours, depuis que nous étions parties, trop long, pour les plus jeunes, pour les plus faibles. Quelques-unes étaient déjà descendues pour chercher de quoi s'alimenter et se reposer.

Linna et moi étions encore bien grasses et les quelques gouttelettes avalées entre les nuages, nous suffisaient. Nous survolions des villes et des villages et même de gros oiseaux de métal qui brillaient sous le soleil. Linna m'avait dit qu'elle s'était approchée de l'un d'entre eux, au-dessus de nos montagnes, elle y avait vu des hommes à l'intérieur. Nos parents nous avaient pourtant formellement interdit de côtoyer les humains : « ils peuvent être dangereux ; ils ont des grands bâtons qui tuent les animaux. »

D'énormes explosions se firent entendre sous nos ailes, était-ce le bruit des bâtons qui tuent ? Linna me fit remarquer les étranges lueurs qui précédaient les grondements. Notre guide nous avait averties que nous devions survoler des régions où les humains s'entretuaient, pas question d'atterrir ici ! Vite nos plumes nous ramenaient dans les rangs.

Mes ailes s'alourdissant, je pensais que je ne pourrais pas tenir bien longtemps. Un regard appuyé de Linna me réconfortait en m'encourageant à continuer. Je sentais un air chaud et salé qui montait d'une grande surface d'eau. Et puis de nouvelles montagnes, de nouveaux paysages, le plumage de plus en plus lourd. Et puis, plus rien ! Je crois que je me suis endormie !

Mais je ne vole plus, mes pattes sont dans de l'eau salée, des oiseaux noirs et blancs crient au-dessus de moi, des vaguelettes mouillent mon ventre. Seule, perdue, j'ouvre les yeux sur cette immensité, le ciel et la mer sont de la même couleur. Un bruissement d'ailes me fait me retourner, c'est Linna qui se réveille, je ne suis plus seule !

- Ouh ! Ouh ! Ouh ! Des aboiements ! Mauvais signe, s'il y a des chiens, il y a forcément des hommes ! Dans l'eau ce ne sont pas des chiens mais d'énormes bêtes grises ou noires qui nagent vers un groupe d'humains qui semble les appeler.

-   Arnaud ! Arnaud ! Regarde, là-bas au bord de la plage, ce ne sont pas des phoques !
-   Hum ! En effet ! Ce sont des oies et pas n'importe quelles oies, ce sont des oies à tête barrée ou oies tigres, c'est la première fois que j'en vois ! Elles ont l'air épuisé. Que font-elles en baie de Somme, il n'y a pas de colonie ici et ce n'est pas un lieu de passage migratoire pour cette variété d'oies sauvages. Elles ont dû se perdre après leur long voyage. Je vais appeler les guides du Marquenterre, ils sauront prévenir la ligue de protection des oiseaux.

Et c'est ainsi qu'Arnaud et les guides du Marquenterre nous ont soignées, puis nous ont relâchées aux Pays-Bas, où notre tribu s'était installée pour l'hiver.

Oie à tête barrée

VERTIGES

Daniel Gorans

À mes pieds, l'épais plancher de verre craque, se fend, une plaque de quelques dizaines de centimètres carrés s'en détache et chute en tournoyant. Je suis juste au bord du trou. Déséquilibré, je glisse et me trouve au sol. Mes jambes sont au-dessus du vide. Je suis sidéré. Des cris autour de moi. Je ne peux émettre aucun son. Des bras charitables me soulèvent pour me permettre de retrouver la station debout. Trois agents de sécurité se précipitent et donnent l'ordre d'évacuer : le plancher continue à se fissurer autour du trou par lequel un air glacial s'engouffre. Bousculade générale vers les ascenseurs.

Pourtant, tout a bien commencé, enfin presque : temps splendide et pour une fois bonne visibilité, le vent de la nuit a chassé la pollution. J'ai préféré prendre le métro et suis arrivé sans encombre au pied de la Perle d'Orient, la tour de la radio et de la télévision. Je pouvais l'apercevoir depuis la chambre de mon hôtel, même fort éloigné. Par temps de brume, elle peut passer pour un symbole phallique. Elle se dresse sur la rive du Huangpu, dans le quartier de Pudong. Mes amis en avaient vivement recommandé la visite pour peu que je m'arrête quelques jours à Shanghai. Pas trop d'attente pour les billets, un peu plus pour l'ascenseur, le nombre de passagers est strictement limité. En attendant un moment propice, je décide de jeter un œil au musée qui retrace l'histoire de la ville. Je guette le moment

69

favorable et me précipite vers la porte coulissante censée m'ouvrir la voie céleste. Ascension fulgurante, à précipiter l'estomac dans les talons. Arrivé, je me faufile vers les vitres sans me rendre compte tout de suite que la lumière arrive tout autant par le sol. Vue splendide à plus de quatre cents mètres d'altitude. L'émotion esthétique me saisit aussitôt. Lorsque je regarde au loin, tout va bien, au fur et à mesure que ma vision se rapproche de la verticale, un vague malaise m'envahit et se transforme en vertige lorsque je suis surpris par la transparence du plancher.

Au sol, l'univers lilliputien fascine. Le flot ininterrompu des coques de noix sur le fleuve, dans les deux sens, quelques-unes suivies de fumerolles noirâtres, donne envie de les attraper avec délicatesse entre le pouce et l'index. Le large quai du Bund, sur l'autre rive, est parcouru par des humains si petits qu'on pourrait croire observer des colonnes éparses de fourmis. Les voitures, bus et camions évoquent les miniatures de nos enfances, sauf qu'elles n'ont pas besoin d'être poussées pour se mouvoir. Celles prise dans les encombrements semblent se joindre à des bancs de poissons. Les avions près d'atterrir ou venant de décoller de l'aéroport sont, eux, plus proches   sans être menaçants. Des buildings modernes cherchent à rivaliser sans succès avec la tour, fière de les dominer. Ils sont nombreux autour de la Perle d'Orient, voudraient-ils la courtiser ?

Je délaisse les étals de souvenirs en me promettant d'y prêter davantage d'attention avant de descendre. Je zigzague entre les grappes, d'élèves, plus nombreux que les touristes ce matin. Ils rient, se poussent les uns les autres, parfois rabroués par un de leurs enseignants. Je suis intrigué par un groupe d'adolescents : ils forment un cercle et sautent en rythme sur le plancher proche d'une grande vitre en surveillant l'effet produit.

Un gardien intervient pour les inviter à arrêter. Ils s'éloignent sans demander leur reste. Je m'approche de l'espace libéré par leur groupe, curieux de comprendre leur attitude. Au sol, une fissure, rien de plus. Je m'en éloigne tout de même pour poursuivre le tour de la coursive géante. Au loin, l'estuaire du Yangtsé et la Mer de Chine. Je complète le tour d'horizon et, comme attiré par un aimant, reviens vers la fissure.

Elle surplombe un vide de plus de quatre cents mètres. La tête me tourne. Je décide de m'en écarter et m'intéresse aux boutiques de souvenirs. Quelques cartes postales, un magnet et un porte-clés feront des heureux à mon retour. Je m'adresse à la vendeuse pour en connaître le prix : « duo shao qian ? ». Je suis très déçu qu'elle me réponde en anglais et surpris qu'elle me demande si je me sens bien. Je prends conscience que mes jambes flageolent, imagine ma pâleur et accepte son invitation à m'asseoir. Elle sort une thermos de sous le comptoir et, d'autorité, me tend un gobelet en carton rempli de thé brûlant. Je me confonds en remerciements, « Xie xie, Xie xie » et m'en saisis d'une main incertaine. Elle m'explique que je devrais vite reprendre l'ascenseur, aussitôt après avoir bu le thé. Rien n'apaise mon mal être. Malgré les protestations de ma protectrice, je me lève et me dirige en vacillant vers la fissure. Le reste, on me l'a raconté lorsque j'ai repris connaissance dans l'infirmerie du site. J'ai perdu connaissance, il a fallu me porter sur un brancard jusqu'à l'ascenseur, m'y installer en position latérale de sécurité. J'ai eu le privilège d'occuper seul la cabine avec un vigile.

Je me suis réveillé, allongé sur un lit d'examen. Deux visages souriants penchés au-dessus de moi. L'une des deux belles jeunes femmes porte un stéthoscope. Elle prend mon pouls avec soin, m'explique dans un anglais impeccable être médecin et sa collègue, infirmière. Heureuse que je reprenne aussi vite connaissance, Elle ne pense pas nécessaire de me garder longtemps, mes constantes sont satisfaisantes. Les souvenirs de ce qui s'est passé affluent et j'en fais le récit à mon charmant auditoire faisant tout pour éviter d'achopper avec l'emploi de la langue de Shakespeare. Elles hochent aimablement la tête et semblent douter de mes propos. Au moment où j'évoque la chute à mes pieds du morceau de plancher de verre, elles rient à l'unisson, main devant la bouche. L'infirmière affirme qu'il ne s'est rien passé de tel, que dans la tour Perle d'Orient, tout est toujours sous contrôle.

Ais-je fait un cauchemar pendant ma perte de connaissance ? Pourtant, pourtant…

EN CHINE,
L'ASCENSEUR LE PLUS GRAND DU MONDE

Bernard Conseil

Grâce à son habilité d'écrivain de nouvelles, suite à une interprétation erronée de l'IA de la censure, puis à d'improbables rebondissements, Wong Li est actuellement en poste à la cellule centrale de communication du parti. La tâche qui lui a été assignée est de glorifier la Chine par ses écrits, et ce très délicatement sans tomber dans les travers insupportables des habituels propagandistes.

Afin de pouvoir contrebalancer plus efficacement les influences néfastes de l'occident impérialiste, il dispose d'un libre accès à l'internet et aux réseaux sociaux du monde entier. De là, il jouit d'une vue exceptionnelle sur les montagnes d'informations, couvertes d'une grande densité de données. Il a même accès au salon de l'étage où trône en continu la chaine américaine CNN.

Récemment, il a été chargé d'écrire une série de nouvelles censées redonner vigueur à la perception qu'ont les jeunes chinois de l'ascenseur social. Parmi eux, les diplômés ont de plus en plus de mal à trouver du travail ; la concurrence est particulièrement rude et seulement une moitié ont un travail. L'ascenseur social chinois, qui a bien fonctionné pendant 20 ans pour la classe moyenne émergente, va mal et les déçus sont toujours plus nombreux.

Il est alors urgent de communiquer, comme lui recommande son chef :

- Wang Li connaissez-vous l'ascenseur de Beilong ?
- Non, répondit-il. C'est quoi ?
- Il s'agit de la tour Eiffel de la Chine ! C'est le plus grand ascenseur extérieur au monde. Inspirez-vous en pour en redorer le blason du notre.

C'est ainsi qu'aujourd'hui, Wang Li se retrouve dans la foule des touristes au pied de l'équipement pour rejoindre le haut de la falaise de Zhangjiajie dans le Hunan. Il prend place dans l'une des trois cabines vitrées, chacune prévue pour une cinquantaine de personnes. Au fond de celle-ci, bien en évidence, trône en multilingue un panneau vantant les mérites de cette prouesse technique made in China. Puis c'est l'ascension à 3m/s, d'abord sur les 154 premiers mètres dans l'obscurité du puit. Puis c'est la sortie à l'air libre, le long de la paroi de la montagne ; il reste encore 172 mètres à gravir. À partir de ce moment-là, les touristes jouissent d'une vue exceptionnelle sur toutes les montagnes de grès, couvertes d'une grande densité de végétation.

Soudain, la cabine ralentit rapidement pour s'immobiliser à flanc de montagne. La première pensée de Wong Li est : comment vont-ils faire pour empêcher que les réseaux sociaux ne propagent la nouvelle de cette panne qui ferait grand ombrage à la technologie chinoise. Passé le premier moment de surprise, alors que la majorité des touristes chinois sortent leurs téléphones portables, un haut-parleur annonce que le Wi-Fi est momentanément hors service et qu'il est recommandé de ne pas envoyer de message pour ne pas saturer les canaux de communication nécessaires pour résoudre l'incident. Il est alors précisé que tout sera mis en œuvre pour en diminuer la durée et les désagréments pour le public et qu'en attendant, pour suppléer à la panne de ventilation, il est demandé d'ouvrir les vantaux supérieurs et de porter le masque.

Wong Li ne peut s'empêcher de faire le parallèle avec sa mission : l'ascenseur social. Quelle nouvelle va-t-il écrire ? Il a alors une pensée pour ses étudiants ; il aurait dû les revoir lors de la dernière rentrée scolaire. Très peu viennent des campagnes et parmi ceux-ci, à part un très brillant qu'il a assisté, aucun ne trouvera un poste faute d'un solide réseau personnel.

Les minutes passent, des passagers s'impatientent, une femme commence même un début de crise de panique claustrophobe. C'est alors que le haut-parleur demande à la dame au gilet jaune et au bonnet rouge de se calmer, sinon la police l'attendra tout à l'heure à la sortie. Bien sûr, Wong Li avait repéré que les deux caméras dans les coins supérieurs de la cabine, bénéficiaient, elles aussi comme le haut-parleur, d'une source électrique de secours.

Pendant ce temps, à l'autre bout de la cabine, un touriste français pointe du doigt pour sa femme une faute sur le texte français du tableau au fond de la cabine.

- Hé Yveline, regarde !
  Ils ont permuté l'ordre des lettres, au lieu de EUR, ils ont écrit URE et ça donne : "En Chine, l'ascensure le plus grand du monde !"

L'ascenseur de Beilong

Le conte

Sans forcément porter en lui une force morale ou philosophique, le conte est avant tout un récit d'aventures imaginaires destiné à distraire.

Il peut aussi, comme dans ce chapitre, être très court et décrire une des nombreuses facettes de la vie en Chine ; ce peut être aussi un rêve.

(*) conte écrit à l'occasion du nouvel an lunaire 2024

PROBLÈMES DE DRAGON

Daniel Gorans

En douze ans, le monde a changé si vite. La mésentente entre humains n'a fait qu'empirer et le climat est devenu totalement incontrôlable. Pourtant, je me prépare depuis ma naissance à ce grand jour, celui de mon avènement. Rien n'entravera la fête « dodéca-annuelle ». Je dois m'installer sur le trône du nouvel an, celui construit à ma taille. Hors de question d'occuper la place ridicule libérée par le lapin !

Il me faut le confort suffisant pour siéger dignement une année. J'avoue que ma constitution ne prête guère à rester sur un trône : ma queue longue et volumineuse est pour le moins encombrante. Les anciens, lors des réunions de famille (tenues dans le secret d'une grotte sur les flancs du HUANGSHAN, la montagne jaune) ont toujours eu à cœur de conter leurs prouesses lors de leur sacre du nouvel an. Tel a jeté d'impressionnantes flammes jusqu'aux cieux, tel autre a volé de cité en cité pour permettre à toutes et tous d'assister à sa magnifique parade, tandis que son successeur, douze ans plus tard, a effrayé toute une armée qui s'apprêtait à commettre je ne sais quels méfaits. Ma parentèle m'incitait à chaque récit à « en prendre de la graine ». Mais je ne suis pas discipliné, j'aime rire et faire des blagues.

Depuis une année, sachant ce qui m'attend, je m'entraîne à travailler mon propre style en vue du grand jour. Une difficulté particulière est liée à l'interdiction de cracher du feu : les habitants du monde céleste, au-dessus de nos montagnes, m'ont fait savoir qu'il existait sur terre tant de lieux touchés par la sécheresse que je risquais de provoquer de gigantesques incendies. S'y ajoutent les prescriptions de SHENNONG, dieu tout puissant de la médecine : pour conserver une bonne santé et l'énergie nécessaire à mon règne, je dois éviter tous les aliments pollués, soit l'essentiel de ce dont se nourrissent les humains ! Manger sans viande, sans sucre ni gras ni sel et sans gluten ! Oublier le maotaï ! Tout l'opposé de mon régime actuel à base de viandes grasses grillées, de gâteaux de sésame trempés dans les alcools les plus forts possibles. A déchiffrer son message, j'ai imaginé ne me nourrir que de salades et légumes et, devenir vert...de rage.

Par bonheur, mon meilleur ami est un véritable geek. Il habite l'île de KOMODO et nous correspondons souvent. Entendant mes plaintes, il m'a proposé plusieurs idées. Je n'en ai retenu que deux. Pour m'éviter de voler d'un point à l'autre de la planète, il veut utiliser l'holographie et solliciter ses nombreux correspondants dans le monde pour me faire apparaître simultanément dans des milliers d'endroits sur tous les continents, les mers et les océans. Par ailleurs, il a l'intention de faire croire que je suis toujours le plus grand des cracheurs de feu : il va installer dans mon large gosier une gourde magique inépuisable pleine d'eau colorée fluorescente que je pourrai cracher sous forme de puissants jets de vapeur inoffensifs.

Pour ma part, je prépare une chorégraphie surprenante : fini les contorsions interminables au milieu de la foule et au son joyeux des pétards. Je veux déployer mes talents de danseur de K Pop. Je me suis entraîné grâce à mon ami le dragon de KOMODO, car il est aussi doué en informatique qu'en tant que Disc-Jockey. Il sera de la fête en tant que tel, associé aux hologrammes. J'ai appris à jeter ma longue queue en l'air sur des rythmes endiablés, à l'enrouler puis la dérouler, à l'utiliser comme ressort pour me propulser au-dessus de la scène puis retomber sur mes pattes avant, à tournoyer sur mon crâne écailleux. Tout en crachant des nuages de vapeur d'eau scintillante.

J'ai un peu le trac car le jour de la nouvelle lune de mon année approche à grands pas. J'espère que mon projet donnera une impulsion joyeuse à la créativité des humains. Je souhaite que cela leur permette d'empêcher les plus insensés d'entre eux d'accomplir leurs funestes desseins. Au nom du Grand Dragon de Bois, mon vénéré ancêtre, que chacune et chacun respecte son prochain comme lui-même. Que personne ne soit conduit à perdre l'envie de sourire et de rire ! « Pour ce que rire est le propre de l'homme » !

FIL ROUGE ET SANG DE DRAGON

Yveline Canal

Le tisserand avait trouvé un dragon dans la montagne. Notre homme l'avait soigné dans le plus grand secret d'une petite grotte.

Au moment de leur séparation, le dragon avait griffé son bras, lui laissant un fil rouge autour du poignet.

- Nous sommes liés par ce fil rouge. Tu sais ce que cela veut dire ? Tu donneras ta première fille en mariage à mon premier fils. Ma famille assurera ta richesse et une longue descendance. Tu ne devras jamais rompre le lien, dans ton travail comme dans ta vie.

Revenu chez lui, le tisserand ne répondit pas à sa femme qui s'inquiétait de son absence et surtout de la blessure de son poignet.

Il se mit à nouer les fils de chaîne sur son métier à tisser, en y incluant un fil rouge aux lisières.

- Cela nous portera bonheur ! déclara t'il.

La pièce de tissu terminée, le donneur d'ouvrage vint examiner minutieusement le tissu.

- Parfait ! Continue comme cela et je t'achèterai tout ce que tu auras tissé, tu vas faire fortune !

-   La fortune c'est surtout lui qui la fera ! dit sa femme, nous avons juste de quoi nous nourrir et encore faut-il que je fasse les bobines et le jardin !

Les années passèrent, et effectivement la famille avait une vie plus confortable. Le père et la mère travaillaient sans relâche au tissage et les enfants continuaient à entretenir le jardin.

Un étranger était de passage dans le village, « un long nez » au teint pâle et aux yeux bleus. Il demanda à visiter l'atelier. Le tisserand était très honoré de cette demande. L'étranger lui dit qu'il venait de France, qu'il habitait dans un village de montagne qui ressemblaient à celles où le village était implanté. Là-bas on produisait aussi du tissu. De la poche de son sac à dos, l'étranger sortit un morceau de toile bleue et la présenta à l'artisan :

-   Sais-tu ce que c'est ?

Le tisserand secoua la tête, avouant son ignorance devant cet échantillon qui lui semblait-il ne présentait aucun intérêt.

-   Ça s'appelle « toile denim », parce qu'elle a été créée à Nîmes pour les colons américains. Ils s'en servaient pour faire des toiles de tentes, puis quand la toile était usée les cow-boys se faisaient tailler des pantalons de travail très solides. Depuis quelqu'un a eu l'idée de faire la chaîne en rayonne pour que le tissu soit moins rêche mais toujours aussi solide.

Le tisserand retourna le tissu et constata en effet la chaîne n'était pas en coton puisque la teinture n'avait pas trouvé prise, l'envers restant blanc.

- Dans mon pays, on ne veut pas tisser cela, ils ont peur de casser leurs métiers à tisser. Si tu peux faire cet ouvrage, je te garantis fortune pour des décennies !

Le tisserand demanda comment il serait payé et approvisionné en matières premières.

- Pas de problèmes ! dit l'étranger. Je te livre le tout et si je suis satisfait, je t'achète un nouveau métier à tisser !

Tout se passa à merveille, l'étranger était enchanté de la pièce fournie, à une exception près…les fils rouges. Le tisserand ne céda pas, c'était la lisière rouge, ou le contrat était rompu !

Un métier à tisser neuf fut installé, puis un autre que sa femme appris à mettre en route. Le tissu de coton que l'étranger appelait jean denim, sortait de l'atelier par plusieurs centaines de mètres tous les mois. Il faut dire qu'on avait installé l'électricité au village et les bras des tisserands étaient remplacés par des petits moteurs pour de nombreuses tâches.

L'étranger avait aussi investi dans une usine d'apprêtage en bordure de rivière, on y teintait les toiles dans différents tons de bleu. La confection de ce tissu « jean » permettait à tout un village de vivre. Les patrons d'usines de confection venaient régulièrement passer commande et notre tisserand était devenu un « monsieur gros-sous ».

Il n'avait toujours pas honoré sa promesse au dragon, à sa décharge, il n'avait eu que des fils de ses deux précédentes épouses. Sa troisième femme était enceinte, certainement encore un garçon !

Ses fils gérant l'entreprise, étaient souvent absents, visitant le vaste monde en l'inondant de leur production !

Quand sa femme accoucha d'une petite fille, le cœur du tisserand fit un bond dans sa poitrine. Contemplant la petite, de grosses larmes coulaient sur ses joues. Sa femme lui enjoignit de s'expliquer. Alors il raconta, le dragon, le fil rouge, la fortune. Ils prirent la décision d'éloigner la petite chez des parents dans une grande ville de l'est de la Chine.

Les années passaient et notre tisserand se morfondait. Ses fils avaient entièrement repris l'entreprise familiale et les affaires étaient prospères, tout allait pour le mieux jusqu'au jour où l'un de ses enfants acheta de nouveaux métiers à tisser.

Le patriarche était là lors de la mise en route.

- Tu vois, lui expliquait son fils, il n'y a plus de navettes sur ces métiers, ce sont deux pinces qui se rejoignent au milieu du travail pour tirer les fils de trame. Sur les bords des ciseaux coupent les fils et les deux petites machines à coudre qui sont en bordure font des points très serrés qui remplacent la lisière.
- Mais où est le fil rouge ?
- Plus de fil rouge, c'est très solide et surtout beaucoup plus rapide, regarde on voit le tissu avancer à vue d'œil.

Catastrophé, le père était revenu sans voix dans sa maison, son fil rouge était rompu. Sa femme en pleurs lui annonçait la disparition de leur fille.

Les mois passèrent, notre tisserand sombra dans le coma et son entreprise si florissante fut d'une manière inexpliquée la proie des flammes.

Pourtant longtemps, dans le monde du textile on parla de cette toile de jean dont la lisière rouge était le gage d'une qualité exceptionnelle.

L'ORCHIDÉE NOIRE
(Hei lan hua)

Daniel Gorans

« You yi tian », il était une fois un jeune paysan. Tout le monde l'appelait « Xiao (petit) Lü ». Sa taille était pourtant nettement au-dessus de celle de ses cousins ou voisins, mais il était le dernier des enfants nés dans le hameau. Il habitait dans les hauteurs, non loin de Kunming, la capitale du Yunnan. Il s'occupait avec courage d'une petite rizière à flanc de colline, en contrebas du paquet de maisons ocres où il vivait avec quelques autres membres de la minorité Miao. Il était de loin le plus jeune et le seul de sa génération. Tous les autres étaient partis dans « la grande ville », réputée offrir des emplois rémunérateurs.

Avant de quitter le monde, ses parents lui avaient fait promettre de prendre femme et qu'ils puissent, ensemble, avoir une nombreuse descendance. Eux-mêmes n'avaient eu qu'un enfant, à leur grand désespoir. Ils n'avaient pas dû respecter la politique de l'enfant unique, elle ne les concernait pas, mais ils étaient persuadés d'être victime d'un mauvais sort. Ils redoutaient encore plus une transmission de la malédiction à leur fils. Ils avaient consulté des moines taoïstes, bouddhistes, confucianistes, fait tous les sacrifices nécessaires, les pénitences exigées, sans obtenir le moindre résultat. Quelques chamanes échouèrent aussi. Ils prirent l'avis du secrétaire local du parti qui les orienta vers l'hôpital spécialisé à Kunming.

Ils y laissèrent toutes leurs économies et durent même se résoudre à vendre un buffle et une partie de leurs rizières.

Même si, enfant précieux, petit Lü avait été choyé, il s'était senti triste de ne pas parvenir à combler ses parents. Il avait fini par se persuader qu'il ne réussirait jamais à intéresser quiconque, sauf...sa grand-mère maternelle. Elle ne cessait de l'encourager, de souligner ses qualités et sa beauté. Cela lui faisait chaud au cœur et il l'accompagnait volontiers dans les montagnes pour y cueillir des simples ou des plantes rares. Elle était un peu guérisseuse mais n'était pas parvenue à « soigner » sa fille et son gendre de leur infertilité relative. Elle fondait de grands espoirs sur son petit-fils. Il mémorisait toutes ses explications et dès qu'il maîtrisa suffisamment l'écriture, prit soin de bien les noter dans un joli carnet. Tant qu'elle était en vie, elle lui transmettait tout son savoir et lorsqu'elle sentit sa fin proche, elle déclara léguer son précieux herbier et les plantes rares cultivées derrière la maison à Xiao Lü, seule personne apte à en faire bon usage.

Il prit sa tâche avec tout le sérieux dont il était capable. Il était souvent consulté par les autres habitants du hameau, soulageait plus d'une douleur et guérissait quelques maladies sans gravité. Il en était remercié, parfois par de petites sommes d'argent, bien utiles pour arrondir ses maigres revenus.

Il parvint à économiser de quoi louer un modeste emplacement une fois par semaine au marché aux fleurs de la capitale.

Un jour, une très belle jeune fille s'arrêta devant son étal et lui demanda s'il pouvait l'aider : sa mère était gravement malade et les remèdes de l'hôpital n'avaient aucun effet. Fasciné par le charme de son interlocutrice, il mit du temps avant de lui répondre. Après avoir fait préciser de quoi souffrait sa mère, il proposa timidement huit plantes à prendre matin et soir en décoction pendant une semaine. Il fallait à tout prix revenir lui dire si cela avait eu de l'effet, si possible avec sa mère. La jeune femme le remercia, proposa de le payer. Il refusa, tant qu'il ne connaîtrait pas le résultat.

Durant toute la semaine, il explora les notes de son joli carnet et rêva chaque nuit de sa belle cliente. Il espérait qu'elle reviendrait et était bien décidé à la conquérir. Il partit cueillir ce dont il pensait avoir besoin pour la suite du traitement, au cas où… Tout à coup, il aperçut une splendide orchidée noire sauvage, d'une espèce rarissime. Avec douceur, il en dégagea les racines et l'emporta, bien décidé à l'offrir.

Sept jours plus tard, il installa son étal en tremblant. L'orchidée attira vite les badauds. Plusieurs voulurent lui acheter. Son refus fit monter les prix. Un attroupement se forma. Il aperçut soudain celle dont il espérait la venue. Son cœur battit plus vite et il rougit. Elle se fraya un chemin, toute souriante. Une femme âgée l'accompagnait, encore très belle elle aussi.

« Nous venons te payer, ma mère a tenu à venir avec moi pour te remercier : pour la première fois depuis de longs mois, elle va mieux ».

Il bredouilla une réponse. La mère de la jeune fille lui dit que sans l'initiative de Lan Hua, sa chère fille unique, et sans le talent du jeune homme dont elle demanda le nom, elle serait encore alitée. Ravi d'avoir entendu le nom de la fille, il répondit :

« Merci Madame, heureux que vous alliez mieux. Il faut poursuivre les décoctions encore une semaine. J'ai apporté de quoi les faire. Pour le moment, ne me payez rien. On verra la semaine prochaine. Tout le monde m'appelle Xiao Lü ». Il prit son courage à deux mains et tendit l'orchidée noire à Lan Hua. « C'est pour toi, je te l'offre ». Un murmure parcourut l'attroupement. La jeune fille resta sans voix, rouge de confusion. Tous les remèdes apportés par Xiao Lü disparurent en un éclair, achetés par celles et ceux qui avaient assisté à la scène. Xiao Lü ne s'était jamais senti aussi léger, il avait empoché plus de billets qu'il n'en avait jamais eu et… Lan Hua était toujours en face de lui, plus souriante que jamais. « Tu dois être fatigué, dit la mère, viens prendre le thé chez nous. Mon mari, grand collectionneur d'orchidées, sera ravi de faire ta connaissance ».

Les deux jeunes gens filèrent vite le parfait amour. Ils décidèrent de cultiver pour les vendre orchidées rares et quelques plantes médicinales. Leur étal devint connu. Ils se marièrent et ne voulurent jamais avoir d'enfant.

IL N'Y A PAS QUE LA TERRE QUI TREMBLE !

Bernard Conseil

- Wong Li ! Notre Président a annoncé au cours de ses vœux 2024 que la Chine serait prochainement réunifiée, par la force si nécessaire.
À partir de là vous allez, comme à votre bonne habitude écrire une nouvelle. Cette fois-ci, elle sera aussi à destination de l'ile rebelle et devra les convaincre que la solution pacifique est la meilleure. Bien sûr votre style et votre imagination vous différencient de nos habituels propagandistes, c'est pour cela qu'on vous a invité à nous rejoindre.

Comme déjà évoqué, lors de précédents écrits, Wong Li travaille comme nouvelliste au service communication du parti. Comme les autres membres de cette cellule, en plus des chaines officielles, ils ont accès à CNN. Quelques instants plus tard, il est interpellé par un collègue :

- Wong Li, viens vite au salon, il vient de se produire un dramatique séisme en Mongolie près de Hulunbuir.

Il s'installe confortablement sur un sofa. Aussi bien sur CNN que sur la chaîne chinoise régionale, on découvre le barrage qui a lâché et le flot furieux qui dévale la vallée. Il apprit récemment que cet ouvrage avait été refusé à l'époque par la population. Toujours simultanément sur les deux canaux, apparaissent en direct des manifestations monstres de paysans et d'ouvriers, les oubliés de l'ascenseur social. Surprenant, ces scènes ne sont pas immédiatement censurées sur la TV régionale chinoise. Peut-être que le service local de communication a été victime du séisme et ne fonctionne plus.

C'est Wong Li qui raconte la suite :

"En tous cas, très rapidement, ces scènes tournent en boucle sur les réseaux sociaux WeChat et Weibo. Partout des gens descendent dans la rue, les cours d'usines et de fermes. Après des mois d'une politique zéro Covid, avec ses drastiques restrictions de liberté de mouvement et d'opinion, les chinois sont à bout. Les digues ont lâché et rien n'arrête les flots de manifestants. Les plus anciens ont tous en tête les événements du 35 mai 1989 sur la grande place de Pékin. On voit apparaitre des pancartes réclamant plus de démocratie. On voit même fleurir des panneaux où sur l'intitulé République Populaire de Chine, le mot central est rayé.

À Pékin, la foule très dense et déterminée a envahi la place Tian'anmen et occupe peu après le grand palais du peuple ainsi que les principaux bâtiments gouvernementaux et ceux du parti. La foule en profite aussi pour détruire le maximum de caméras de vidéosurveillance.

Au Xinjiang, les manifestants libèrent les prisonniers des centres de rééducation et les usines où sévit le travail non sollicité. Les machines sont détruites, de même que les caméras de surveillance. Là où des ruines avaient remplacé une ancienne mosquée, ou une ancienne école coranique, les musulmans locaux entreprennent leurs restaurations.

On apprend même que le Dalaï-lama est arrivé à Lhassa, où il a été accueilli en héros par la foule.

Enfin au siège de l'ONU à New York, le drapeau rouge avec des étoiles jaunes de la RPC, est descendu de son mât, remplacé par celui de la République de Chine, un soleil blanc avec quelques éclats sur son pourtour. La figure est sur fond bleu, le tout dans un rectangle rouge. Oui ! Vous l'avez bien compris, la Chine a été réunifiée sans l'usage de la force et Taïwan est devenue une province comme les autres avec son parlement régional et son modèle démocratique que toutes les autres régions ont copié."

Soudain, un autre tremblement de terre est en train de se déclencher. Son épicentre est sur le sofa d'où Wong Li regardait les derniers événements à la télévision.

- Wong LI ! Debout, on ne vous paye pas pour rêvasser devant la télé. On attend votre texte.

LE CIEL DE PETIT LI

Edmond Pelé

Petit Li sur le chemin sans cesse s'avance. Un vent léger soulève sa tunique. Bientôt se découvre un pont ; une margelle descend vers le chemin où marche Petit Li. Une margelle face à la mer, pour se reposer, reprendre son souffle, à bonne hauteur elle est facile à enjamber. Aussitôt pensé, aussitôt fait, Petit Li s'installe, s'assoit, jambes pendantes sur un côté. Dans sa boîte, son grillon troublé par l'interruption du rythme de ses pas lance quelques cris stridents. Petit Li porte son regard vers le ciel où s'attardent, se poursuivent, s'effilochent les nuages. Petit Li dégage le luth qui pendait à son épaule. Pourrait-il égrener quelques notes ? Il pose son luth sur ses genoux. Le vent soulève quelques feuilles de prunier qui taquinent son visage.

Une douceur tranquille envahit Petit Li. A demi couché sur le luth son esprit s'embrume. Un char attelé d'un cheval blanc le transporte, s'élance sur les cols des nuages blancs parfois teintés de rose ou gris. Tout est facile, il n'est pas nécessaire de se saisir d'un fouet. Le destrier s'élève et foule de son sabot délicat le tapis de brume argentée. À son passage, des hirondelles étonnées s'enfuient un temps et tournoient autour du singulier attelage. Deux aigrettes de passage le contournent sans trop s'interroger. D'un seul coup d'aile, un cygne blanc disparait plus loin. Petit Li respire très fort parmi les nuées qui le portent et l'enserrent. Où le conduit ce cheval tout aussi agile que déterminé ?

Ce nouveau venu au firmament intrigue le roi des singes, tout habitué en ce lieu à régner en maître. Une simple révérence de Petit Li et le roi des singes se convainc que le nouveau venu parait bien inoffensif. Mieux, il l'entraîne dans une espièglerie dont il est coutumier. Cette fois, il s'agit d'entrer dans un verger de pêchers. Cueillir, manger peut-être, les pêches d'immortalité. Troublé, Petit Li laisse son curieux compagnon à sa besogne, non sans avoir appris de lui, qu'entre les nuages, il croisera encore bien des êtres.

Pour l'heure sur son char, solitaire, Petit Li s'éloigne, lointaine silhouette qui se perd dans l'azur. Sur la route du ciel on entend les aboiements du chien et le chant du coq. Les nuages blancs se teintent des couleurs de l'arc-en-ciel. Mais qui s'avance ? Ces personnages à la mine réjouie, toujours prêts à soigner, à aider autrui et à rendre service. Les huit immortels nimbés d'une brume de sagesse. Souriants, ils s'interrogent ? Un petit homme et son attelage, on n'a jamais vu cela au détour des nuages. L'un des huit s'enhardit, questionne le nouveau venu. Intimidé Petit Li n'émet que des balbutiements de panique, tout ému face aux huit célestes. Un immortel l'entoure d'un bras secourable, caresse la crinière échevelée du cheval et le met sur le chemin pour quitter l'azur.

Plus loin, le souffle mauvais, humide, du dragon, de vent, de pluie et de feuilles virevoltantes secoue Petit Li. Tunique toute trempée, assis sur la margelle, Petit Li s'éveille face à la mer agitée.

Un chapeau à la taille de sa tête

Porter un chapeau ou organiser sa chevelure est tout un art qui dépend en grande partie du contexte culturel ainsi que de l'expérience ancestrale.

Pour ce qui concerne le chapeau, tout va tellement mieux quand on le porte à la taille de sa tête.

LA TRESSE

Daniel Gorans

Presque à l'extrémité du village, se dresse la grande maison de bois des trois sœurs. Située à flanc de colline parmi d'autres maisons semblables, sa véranda est traversée d'un fil où pend le linge qui tente de sécher malgré l'humidité. Le soleil parvient par endroits à percer la brume, un bâtard à la queue tire-bouchonnée est allongé entre deux chats faméliques, là où un halo lumineux témoigne qu'un rayon a réussi à passer.

Un couple de « longs nez », Murielle et Jean, tout juste retraités, s'est aventuré dans un espace perdu du Guanxi, à la recherche de dépaysement radical et de quelques découvertes promises à ceux qui se risquent hors des sentiers battus. Leur guide et interprète, Meili, jeune femme dynamique, connaît cette partie de la région jusque dans les moindres recoins : elle en est native, fière de savoir proposer aux rares visiteurs avertis de rencontrer sa famille et ses amis dans quelques sites reculés, difficiles d'accès, souvent splendides. Les voies d'accès sont le plus souvent des chemins non ou peu carrossables. Il faut grimper, marcher sur d'étroits murets de terre entre deux rizières, prendre le risque d'y croiser un buffle et son maître, trouver une posture en équilibre pour admirer ou photographier des paysages d'une beauté à couper le souffle.

Jean remarque, en traversant la place du village, un poteau porteur d'une caméra de surveillance, étrange présence en ce lieu isolé. Il en fait la remarque à la guide. Elle hausse les épaules et explique qu'elle a été installée après la disparition inhabituelle de quelques poules et canards. Le chef de village en a référé aux autorités. Elles ont proposé la caméra au prétexte que cela permettrait de confondre l'auteur du larcin, humain ou animal. Il faut bien faire porter le chapeau à quelqu'un ! Plusieurs curieux, personnes âgées et jeunes enfants, s'approchent des trois arrivants, prévenus sans doute par les aboiements de leurs chiens. Ils jettent des regards réprobateurs lorsque Jean veut les photographier, et même hostiles au moment où il photographie la caméra de surveillance.

Contents d'être arrivés à destination après cet intermède. Meili lance un appel convenu. Trois femmes souriantes viennent à leur rencontre. Présentations et formules de politesse d'usage. Les visiteurs savent déjà que ce sont trois sœurs, lointaines cousines de la guide. Difficile de leur donner un âge. L'une est veuve, le mari de la seconde travaille dans une usine éloignée, celui de la troisième ne rentrera que le soir, après son dur labeur dans les rizières familiales. L'aînée propose de bavarder autour d'un thé avant de visiter la maison et de déjeuner. Elles sont en costume de travail traditionnel, coton bleu indigo, chevelures retenues par des turbans noirs. Jean est fasciné. Il ôte sa précieuse casquette (il en est collectionneur et celle portée aujourd'hui est un spécimen rarissime offert par Murielle) et salue les trois sœurs par une révérence dansée comme à la cour d'un grand monarque. On imagine sans peine la plume de son chapeau effleurer le plancher ! Elles rient et lorsqu'il se relève, il croise le regard brillant de la plus jeune.

C'est l'aînée qui conduit la visite tandis que ses deux sœurs s'activent autour du foyer, à même le sol, au rez de chaussée. Murielle est invitée à jeter le riz et quelques herbes dans la marmite où l'eau bouillonne, sous le regard curieux d'un buffle : sa tête dépasse d'une ouverture dans la cloison de la petite étable jouxtant la cuisine. En parcourant le reste de la maison, construite sur trois niveaux, Meili explique que les maisons en bois sont appelées à disparaître, trop d'incendies meurtriers ont eu lieu. Désormais parpaings, briques et tuiles sont imposés, l'usage traditionnel du bois est réservé pour la décoration des façades.

Le repas, frugal autant que délicieux, est servi sur la véranda, sous le grenier à grains.

Les trois sœurs proposent deux chants traditionnels, ceux grâce auxquels elles ont gagné plusieurs concours. Les deux visiteurs, enchantés, répondent par deux des chants français de leur répertoire. Pierre insiste pour une chanson d'amour médiévale : « Belle qui tiens ma vie ». Il ne quitte pas des yeux la jolie cadette en chantant. Murielle est un peu tendue, appréciant peu le comportement de son mari, même si elle sait que ce genre de flirt restera sans lendemain.

Reste à assister, comme prévu, à une démonstration de coiffure traditionnelle.

Accroché sur une cloison de la véranda, un miroir défraîchi est suspendu à côté d'un vieux calendrier. La benjamine se tient face au miroir. Sous les yeux ébahis de Pierre, elle se débarrasse du turban, retire les deux peignes en corne et la large barrette qui retiennent ses cheveux. Les tresses noires tombent avec lenteur jusqu'au milieu du dos. Pierre prend photo sur photo. Ses fantasmes vont bon train, il espère, sans y croire que d'autres vêtements seront retirés. Il reste bien entendu sur sa faim. Son goût pour l'exotisme va bien au-delà des paysages... La jeune femme surveille du coin de l'œil le photographe, comme pour vérifier l'effet produit. Elle se recoiffe ensuite à l'aide des deux peignes. Ses bras et ses épaules ondulent lascivement. Les tresses sont à nouveau formées et enroulées ensemble. Pierre trouve la scène d'un érotisme torride. Il rougit et s'accroche à la prise de clichés.

Lorsque la coiffure est reconstituée, il lâche son appareil photo et applaudit, met un genou à terre et offre sa casquette à la belle. « Ça suffit » ! « Gou le » crient presque d'une seule voix Murielle et l'aînée des trois sœurs. Piteux, Pierre reprend son couvre-chef, casquette des Bears de Chicago dédicacée par le capitaine de l'équipe de football américain. Les adieux sont malgré tous les plus chaleureux possibles. Les visiteurs passent à nouveau à proximité de la caméra de surveillance : heureusement, les scénarios secrets de Jean sont invisibles, sous sa merveilleuse casquette.

CHAPEAU DE COWBOY

Bernard Conseil

À la terrasse d'un restaurant, une famille chinoise déjeune : les grands parents, les parents et l'enfant unique. Lui, c'est Xi, 9 ans. Déjà un peu obèse, et à travers d'épaisses lunettes, il a les yeux fixés sur sa console de jeu, alors que son bol de nouilles commence à refroidir.

À la table voisine, une famille américaine, Monsieur, Madame et leurs deux enfants, Jo 18 ans et Becky 14 ans. Ils sont originaires du Texas et vivent ici depuis quelques années, Monsieur travaillant pour une compagnie américaine.

Xi surpris par un éclat de rire venant de la table voisine et intrigué par des sons qu'il n'a pas l'habitude d'entendre, lève le nez de sa console. Il est subjugué par le chapeau à large bord que porte le jeune américain.

- Maman, regarde ce chapeau, c'est très différent des chapeaux pointus. J'en veux un comme lui pour me protéger du soleil.
- Mais Xi, c'est pas possible que tu portes ça, et puis d'abord je ne sais pas où le trouver.

Habitué à ce qu'on lui passe presque tout, Xi insiste puis, face aux refus répétés de sa mère, il monte le ton et commence à crier.

À la table voisine, Becky qui comprend un peu le chinois, s'adresse à son frère d'un ton suppliant :

- Eh Jo, les cris de ce gamin sont insupportables. S'il te plait, pourrais-tu lui prêter ton chapeau de cowboy, au moins le temps du repas ? Que cet affreux gamin se taise !

Quelques minutes plus tard, le calme est revenu. Tant bien même que son champ de vision soit réduit, Xi est ravi aux anges, si tant ils puissent exister au pays de Confucius et de Mao. La console est oubliée, il dévore ses nouilles avec force slurps. Sa mère, certes soulagée vis-à-vis des voisins mais encore confuse, ne peut s'empêcher de sermonner son fils.

- Mais Xi, ce chapeau est beaucoup trop grand pour toi. De plus envier les Américains, puis vouloir les imiter, ne peut conduire qu'à une catastrophe.

Soudain, le vent se lève et une bourrasque beaucoup plus forte que les autres emporte le chapeau qui atterrit sur la chaussée. Xi se lève d'un bond, se précipite pour le récupérer ignorant les dangers de la circulation. Arrivant à vive allure, un motocycliste fait une brutale embardée pour éviter l'imprudent garçon mais ne peut redresser son engin qui glisse inéluctablement sur la chaussée. Heureusement qu'il portait son casque, il s'en sort avec quelques égratignures et une veste déchirée. Quant à Xi, il récupère le chapeau avec quelques poussières, puis le rapporte à Jo avec un air piteux. Tout le monde reprend son souffle.

Mais, le colis d'éprouvettes, que transportait le coursier, s'est brisé dans sa chute. Commence alors à se répandre sur le bitume un liquide nauséabond, qui s'évapore en épaisses volutes verdâtres, tel un dragon maléfique.

LE CIRQUE

Yveline Canal

Sa famille, c'était « Le Cirque ». Aussi loin que remontaient les souvenirs des anciens, il y avait toujours eu des acrobates, des antipodistes, des danseurs sur corde dans cette famille-là.

Ses sœurs, dès leur plus jeune âge, avaient eu droit à des exercices d'assouplissement et des exercices d'équilibre. Leur père, qui avait longtemps travaillé pour une troupe nationale, leur apprenait à se tenir en équilibre, sur une poutre puis sur un câble d'acier. Elles devaient se tenir en équilibre sur les mains quand il les soulevait au-dessus de ses épaules. Leur mère leur enseignait comment améliorer leur souplesse du dos ou des écarts de jambes. Dans l'album de la famille, les photographies des cousins et cousines qui se produisaient dans les plus grands cirques du pays, étaient censées donner un but à atteindre. Le monde du cirque, c'était la promesse d'un bon salaire, pour aider parents et grands-parents à sortir de la pauvreté du petit village.

Depuis quelques années, une école d'acrobatie s'était créée dans la région. Tous encourageaient leurs enfants à y entrer, même si les prix de l'enseignement et de la pension allaient gravement entamer le budget familial. Encore fallait-il y entrer, les places étaient peu nombreuses chaque année et la concurrence était rude.

Et puis il y avait, les jeux olympiques… Des recruteurs venaient observer les enfants les plus prometteurs et les emmenaient dans des écoles de sport où l'entrainement de 40 heures par semaine forgeait les corps et les esprits.

Lui, il était le dernier de la fratrie. Un peu petit à la naissance, il avait été choyé comme peuvent l'être les héritiers de la lignée familiale, le fils tant rêvé par les parents et les grands parents. Il s'appelait « Bao Bao, trésor trésor ».

Dès qu'il sut marcher, son père lui faisait faire des exercices d'équilibre : le maintenant la tête en bas, il le soulevait par les jambes pour qu'il se mette debout sur ses épaules. Mais si les sœurs réussissaient, au même âge cet exercice, lui, il avait du mal à maintenir son équilibre. Même quand il marchait, il trébuchait et roulait sur lui-même, ce qui faisait beaucoup rire autour de lui.

Les parents se résolurent à consulter à l'hôpital pour enfants. Le médecin leur fit remarquer que leur fils avait un tour de tête anormalement grand pour son âge, ce qui pouvait entraîner un déséquilibre sur son squelette. Après une radiographie de ses os, le docteur diagnostiqua que Bao Bao serait « de petite taille », sa croissance s'arrêterait à la puberté.

Finis les rêves d'acrobaties et de cirque pour Bao Bao. Il ne lui restait que les études pour sauver l'honneur de la famille. Hélas, là aussi, il n'était pas prêt à briller. Pour se montrer à la hauteur de ses camarades de classe, Bao-Bao était très fort, en grimaces et bêtises de toutes sortes. Après avoir été renvoyé plusieurs fois, il dut se résoudre à rester à la maison pour aider ses parents aux travaux des champs.

Pour autant, il n'avait pas abandonné l'idée d'intégrer la troupe d'un cirque. Dès qu'il le pouvait, il s'entraînait à tous les exercices que sa petite taille et sa grosse tête lui permettaient. Ce qu'il aimait particulièrement, c'était le dressage des animaux. Les chiens répondaient bien à ses ordres, il réussissait à les faire pirouetter, se dresser sur les pattes arrière ou marcher sur les pattes avant. Même les poules avaient été mises à contribution, elles devaient voler jusqu'à l'endroit indiqué et battre des ailes pour applaudir. Quand il avait terminé sa séquence de dressage, il faisait asseoir son public et il leur proposait ses propres acrobaties qui se terminaient le plus souvent en galipettes. Pour calmer l'auditoire, il terminait par le jonglage avec une petite plume qu'il prélevait sur une des poules. La plume attachée par un fil invisible donnait l'impression qu'elle était vivante. Elle le suivait, se perchait sur sa tête, lui chatouillait l'oreille avant de lui caresser la joue. Et lui pauvre petit clown, multipliait les sauts et les cabrioles pour résister aux attaques imprévisibles. Bao-Bao finissait son spectacle dans un bassin rempli d'eau, sous les rires des spectateurs, en l'occurrence ici les aboiements des chiens et les cris des poules.

Ce jour-là il y avait un spectateur supplémentaire en la personne du directeur de l'école de sa sœur ainée. Celle-ci s'était blessée à l'entraînement, le directeur l'avait raccompagnée dans sa famille, pour qu'elle puisse se remettre plus rapidement. Il regardait par la fenêtre pendant que la mère accompagnait sa grande fille dans une des chambres de l'étage.

Le directeur demanda à parler à Bao-Bao. Il lui demanda, devant ses parents, s'il était intéressé par le cirque.

- J'ai besoin d'un clown pour mon spectacle qui doit se produire en Europe, si tes parents sont, d'accord, je te prends dans ma troupe.
- Mais je ne sais rien faire !
- Je te prends pour le numéro de la plume. »

Les parents étaient abasourdis, leur Bao-Bao allait se produire dans un spectacle de cirque !

Bien sûr ! Ils acceptaient, sans même donner le choix à leur fils.

La mère prépara à la hâte une petite valise et le père offrit à son fils son meilleur chapeau, le feutre qu'il avait acheté au cours d'une de ses tournées. La petite plume fut glissée dans le ruban du chapeau, et le garçon grimpa dans la voiture du directeur.

C'était le premier cirque chinois à se produire en Europe. Et si les spectateurs s'émerveillaient des prouesses des acrobates, ils n'étaient pas insensibles à la poésie du numéro du petit clown.

Bao-Bao répondait aux sollicitations des journalistes de la télévision régionale :

- Comment faites-vous pour faire rire un auditoire aussi différent de celui que vous avez en Chine ?
- Vous savez, le rire c'est universel, et puis il suffit d'avoir un chapeau à la grandeur de sa tête ! »

Et malicieusement, il positionna le petit feutre de son père sur sa grosse tête !

Le joueur de Go

Le jeu de Go est l'un des jeux les plus vieux du monde encore pratiqué de nos jours. Il est né en Chine il y a plus de 3000 ans. Dans la Chine antique, il faisait partie de l'éducation des lettrés, au même titre que la calligraphie, la musique ou la peinture.

En tant que jeu de stratégie, le Go était très apprécié des guerriers et militaires, comme il l'est aujourd'hui des stratèges économiques et politiques.

VOIR OU NE PAS VOIR

Yveline Canal

Je suis né dans la région du Shanxi, terre de charbon et de pollution. Toute la famille travaille pour la mine, mes oncles sont mineurs, chauffeurs de camions, ou comme papa, dans l'administration. Personne ne conteste, la mine contribue au développement de certaines pathologies, mais elle fait vivre tellement de familles, qu'il n'est pas envisageable qu'elle ferme. Est-ce vraiment à cause du charbon qu'ici plus qu'ailleurs en Chine, les enfants naissent avec des malformations ?

Pour moi à ma naissance tout allait bien, j'étais pour mes parents et grands-parents, le plus beau bébé du monde. On se pressait autour de moi, me prédisant un grand avenir. Papa avait acheté plusieurs bouteilles d'alcool pour arroser, comme il se doit, mon arrivée, avec la famille puis avec ses collègues.

Quelques mois plus tard, maman s'aperçut que mes yeux ne suivaient pas le mouvement de ses mains. Le médecin annonça que j'étais atteint de cécité. Après plusieurs heures d'examen, il fut annoncé que j'étais non seulement définitivement aveugle, mais aussi sourd. La tristesse de maman et l'inquiétude de papa imprégnèrent mon corps.

Le regard des proches changea, je le sentais quand ils me prenaient avec délicatesse dans leurs bras. Souvent je sentais les larmes qui coulaient sur mes mains.

Ma cécité et ma surdité ne m'empêchent pas de grandir. Maman est toujours là pour m'encourager, pour m'apprendre de nouvelles choses. Elle me fait sentir la nourriture, les fleurs, les herbes mouillées du jardin quand il pleut. Elle me met dans les mains, du sable, de l'eau, des écorces d'arbre, des poussins et même les carpes koïs du jardin. A chaque fois qu'elle me montre un animal ou une chose, elle essaye de me faire connaître son nom en traçant dans ma main le signe chinois qui lui correspond. Elle met aussi ma main sur sa bouche pour que je sente le souffle et les vibrations qui sont émis par l'émission du mot.

J'apprends à me déplacer dans la maison, puis dans la cour, le restant du monde m'est inconnu. Mon père s'est désintéressé de mon sort. Il passe des heures dans une petite pièce avec un ami. La pièce m'est interdite et bien sûr j'aime y aller. Sur une table il y a un grand carré très lisse, dessus il y a des petits galets tout doux, je veille à ne rien déplacer, je n'ai pas le droit d'être là ! Le lendemain je brave l'interdiction, la surface carrée est toujours là, mais je suis surpris de ne pas retrouver les galets aux mêmes emplacements. Le troisième jour, mon père me surprend à caresser les pierres de son jeu.

Le jour suivant, mon père met à la place de son goban, un tout petit carré avec de fines lamelles formant un quadrillage, dans deux petits pots de porcelaine, des pierres avec une petite inscription sur chacune d'entre elles. Ce jour-là j'apprends deux mots qui me suivront tout au long de ma vie : blanc et noir.

Depuis cet instant, mon père m'enseigne les règles pour jouer au jeu de go, d'abord sur le petit goban de 81 cases puis sur le grand goban. Je ne vois pas, mais je sens, ma mémoire est infaillible. Je bats régulièrement mon père, puis des adversaires de mon âge. Il m'inscrit à des compétitions, je gagne trop souvent, les adversaires commencent à douter de ma cécité.

J'ai maintenant appris l'alphabet Braille, mais je préfère les signes chinois que mes parents dessinent dans ma main, c'est plus rapide, plus complet et je peux communiquer avec eux.

Mon père m'a enseigné les principaux modes d'attaque du jeu de go, au fil des jours j'en invente d'autres, je crée ainsi mon propre monde.

Aujourd'hui, je vais me battre contre une machine, papa en sera l'assistant, il posera les pierres aux intersections que lui indiquera l'ordinateur. Avant de commencer, papa signe dans ma main pour me prévenir que je serai filmé et que cette partie sera vue dans le monde entier. C'est bien, mais je ne comprends vraiment pas ce qu'il y a de si extraordinaire, de toute façon, je ne sais pas ce que c'est qu'un film et encore moins un ordinateur.

La partie commence, l'adversaire me jauge. Ce n'est pas comme d'habitude, je ne peux pas sentir ses émotions, là tout est froid ! Il faut que çà vienne de moi. Je fais comme si j'étais en proie à la panique, je place mes pierres très rapidement et de façon très dispersée. La machine stupide pense déjà avoir gagné, elle n'a jamais joué contre un enfant. Un enfant c'est surprenant, incontrôlable, surtout très remuant et imprévisible. Je m'infiltre, mes deux yeux finissent par lui faire perdre l'avantage et je gagne !

Le jeu de go, ce n'est pas qu'un jeu de tactique, c'est une vision du monde, qu'importe la façon dont on le perçoit, l'important c'est de vivre dans et avec ce monde.

LA PIERRE MAGIQUE

Daniel Gorans

La rivière Pi He, au cœur de l'Anhui, fait un coude à un li de la sortie du village où demeure oncle Ma. Masqué par une bambouseraie dense, il est accroupi et tamise les flots alanguis à cet endroit. Il a retroussé le bas de son pantalon pour profiter de la fraîcheur d'une fin d'après-midi, installé à l'ombre, l'eau à mi mollets.

Sans se soucier des moqueries parfois cruelles de ses voisins, des criailleries de son épouse, il passe le plus clair de son temps libre à plonger puis lever en le secouant son grand tamis, tel un orpailleur. Ce n'est possible que les jours où la luminosité rend le cours d'eau transparent : il charrie avec douceur des cailloux de toute forme et de toute couleur. Oncle Ma collectionne tous ceux, soit d'un blanc pur, soit d'un noir parfait à condition qu'ils aient une forme biconcave et un diamètre légèrement supérieur à deux centimètres. Il a commencé il y a plusieurs années, afin d'accumuler quelques centaines de chaque, de taille sensiblement égale. Il rejette les pierres trop imparfaites dans le courant. Rentrer chez lui avec deux ou trois prises convenables le rend heureux. Il les essuie avec soin puis les range dans deux boîtes en bois, l'une pour les noires, l'autre pour les blanches. Les boîtes retournent ensuite à côté du go ban.

Connu dans les alentours pour son amour du jeu de go, il l'est encore davantage pour la qualité de ses pierres. Cependant, il lui est parfois reproché d'utiliser de simples cailloux de rivière, plus irréguliers que les pierres de ses adversaires. Certains refusent les parties qu'il propose, au prétexte d'en être déconcentrés, voire déstabilisés. Oncle Ma est persuadé de connaître la vraie raison : il est sans doute trop fort pour eux.

Un jour, la rivière lui offre la prise d'un petit galet de jade blanc, déjà poli à souhait, de taille parfaite. Sur la face dont Ma décide aussitôt qu'elle serait toujours présentée au-dessus, deux stries brunes parallèles sont séparées par une petite incrustation d'une brillance inattendue, presque éblouissante, un vrai bijou. Il rentre vite chez lui, montre le bel objet à sa femme puis le remet dans sa poche. Elle a cru un instant à un cadeau. La déception se transforme aussitôt en colère et en insultes :

- Espèce de bon à rien, toujours à ramasser des cailloux au lieu de travailler avec moi dans nos champs ! Je vais finir par t'en faire une soupe ! Si seulement tu avais été capable de me faire un enfant ! Minable ! Dégénéré ! Abruti !
- Tais-toi, espèce de renarde grossière et mal léchée ! Tu ne comprends rien ! Heureusement que je joue au go ! Tu finiras par m'admirer car avec ma trouvaille du jour, je suis sûr de gagner de grands tournois !
- Depuis le temps que tu annonces de belles victoires ! Juste quelques parties avec d'autres amateurs incapables comme toi ! J'attends depuis si longtemps que tu rapportes une poignée de yuans des journées que tu passes à jouer. Si ça ne change pas avant la fin du mois prochain, j'irai jeter tes cailloux à la rivière et je brûlerai les boîtes et le go ban.

- Si tu le fais, je divorce !
- Eh bien, tant mieux ! Je n'attends que ça.

Oncle Ma, excédé, sort de la modeste demeure, ramasse tous les œufs pondus ces derniers jours, les dispose avec soin dans un sac et part d'un pas décidé vers le bourg voisin : c'est jour de marché.

Ses œufs vendus, il acquiert sans l'examiner ni marchander une jolie bourse en peau de buffle fermée par une cordelette assez longue pour s'en faire un collier et y glisse vite sa précieuse pierre. Cordelette passée autour de la tête, bourse sous la chemise, contre son cœur il s'assoit à une terrasse et commande du thé.

Il se prend à rêver en dégustant le breuvage brûlant. Avec sa pierre, il va en éblouir plus d'un. Il s'imagine la poser avant toutes les autres. Son éclat magique non seulement troublera son adversaire, mais indiquera aussi par un scintillement mystérieux perçu de lui seul où poser les pierres suivantes. Il est sûr désormais de voler de victoire en victoire, de gravir les marches qui conduisent à être un maître de go reconnu dans tout l'Anhui, puis tout l'Empire du Milieu et pourquoi pas au-delà des mers et océans... Il deviendra le maître de la moindre parcelle avec la même aisance que sur le plateau, territoire après territoire ! Son influence sera sans partage. Les disciples afflueront, sa fortune sera faite, il pourra enfin avoir une grande et belle demeure, s'offrir un go ban en bois précieux, rivalisant avec celui de l'empereur du Japon. On le suppliera de transmettre son savoir faire. Le grand Sun Tzu serait fier de lui. Plus un seul rival n'osera l'affronter. Son épouse sera bien obligée de faire amende honorable et de ravaler sa langue de vipère. Faute de quoi, il la répudiera. D'ailleurs, il sera vite contraint d'avoir une aide pour son courrier, ses rendez-vous… Une « petite secrétaire » sera indispensable, jolie et cultivée, compétente et de bonne compagnie…

D'un coup, il perçoit une présence à ses côtés et sort à regret de son enivrante rêverie.

- Bonjour, Oncle Ma, ce n'est pas habituel de vous voir prendre le temps de déguster une tasse de thé assis au soleil. Vous semblez bien joyeux !
- Ah si vous saviez…venez simplement assister à la prochaine partie de go que je disputerai, et vous comprendrez.
- Vous faites bien des mystères, dites m'en un peu plus, parole d'honneur, je garderai vos secrets.

Ma hésite un peu, sort la bourse de sous sa chemise, l'ouvre, mais n'y trouve pas la pierre magique : la bourse était percée, ses rêves s'envolent. Depuis, il erre aux abords du marché, les yeux rivés au sol.

LA TRAGÉDIE D'HUGO

Bernard Conseil

Printemps 2022, importante réunion du comité de direction d'une start-up nantaise : elle lance le développement d'un produit original qui devrait inonder le marché européen, puis chinois. Du moins, c'est qu'espère son patron-fondateur, de retour d'une mission en Chine.

En évidence dans la salle du conseil, lieu de la réunion, un nouveau meuble fait son apparition : il s'agit d'un goban traditionnel sur pied, sur lequel sont disposés deux bols en bois contenant l'un des pierres blanches, l'autre des noires.

- Tiens ! Une chinoiserie que le patron a rapportée de son voyage.
- On l'utilisera comme table basse pour l'apéro, renchérit un autre, il y a même déjà un bol de pistaches et un d'olives noires.
- Et c'est du lourd, annonce un troisième, alors qu'il essaye de le soulever, et c'est même du beau bois.
- Mais, vous n'y êtes pas du tout, intervient soudainement le patron. Il s'agit d'apprendre le Go pour appréhender un autre type de management.

C'est avec cette entrée en matière qu'Hugo, le boss, démarre son comité de direction :

-   À terme, nous serons confrontés à des compétiteurs chinois. Aussi, comme disait Sun Zi dans son traité sur "L'art de la guerre", si tu veux combattre, il faut d'abord connaitre ton adversaire et ses méthodes.

Il rappelle d'abord sa dernière mission : pour le moment voulu, quand le produit sera prêt, lui trouver un réseau de distribution en Chine. C'est alors qu'il a eu là-bas la révélation du jeu de Go et c'est avec plaisir qu'il a rapporté cet objet construit à partir d'essences de valeur.

-   Avant de développer la stratégie commerciale pour adapter notre produit à chacun des marchés que nous visons, c'est d'abord du jeu de Go que je veux vous entretenir.

Il en présente le principe et fait le parallèle avec les enjeux du management : une riche métaphore dont les points suivants :

-   Voir loin, jalonner et exister partout.
-   Créer du lien et construire des territoires d'influence.
-   En toute circonstance, se ménager des degrés de liberté.
-   Prendre le temps de la réflexion, pas de précipitation ; le Go est lent.

Parallèlement, il insiste pour que ses collaborateurs s'initient à ce jeu. Pour cela, il a déjà pris contact avec l'association locale de Go et a réservé des plages horaires dans le cadre de la formation continue. Dans les faits, son équipe de direction acceptera de jouer le jeu.

Depuis, chaque mois : le point est fait sur le degré d'avancement, les aspects techniques et la mise en place de la chaine de production. Elle est sous-traitée à une entreprise vendéenne (hors de question de faire fabriquer en Chine, même en Asie du sud-est). Ce bilan d'étape concerne aussi la politique commerciale et la préparation de la campagne de lancement, d'abord en France, puis en Europe, avant d'attaquer la Chine.

Ainsi, le 20 mars 2024, premier jour du printemps, c'est la réunion de lancement du produit ; elle en fixe la date officielle au 21 juin, premier jour de l'été. Il reste trois mois pour tout finaliser. Ce jour-là, sur le goban est encore présente la partie âprement disputée la veille : alors que les blancs semblaient occuper le maximum de territoire en début de partie, ce sont les noirs qui ont brillamment assuré la reconquête en s'appuyant sur la position de quelques pierres noires judicieusement déposées en tout début de partie.

Puis mi-avril, les choses se précisent sérieusement lors du comité de direction tenu à la veille du long week-end de la Pentecôte.

C'est alors, qu'au matin de la reprise de l'activité, qu'une entreprise chinoise publie dans la presse quotidienne française de grands encarts publicitaires annonçant la sortie pour l'été d'un produit novateur. L'annonce est faite également le matin même sur les chaînes d'information. Au sein de la start-up, c'est la stupeur, l'angoisse, l'incompréhension :

- Ce n'est pas possible, ce produit c'est celui sur lequel nous travaillons d'arrache-pied, le leur va sortir avant le nôtre ! Qui parmi nous a trahi ? Qui a vendu son âme aux Chinois ?

C'est alors que le meilleur joueur de Go de l'équipe de direction intervient ; c'est le directeur financier en charge de la comptabilité :

- Chef, juste une remarque : m'étant informé sur les différents types de goban et les matériaux employés, j'en ai conclu que celui-ci est très luxueux. Il a dû, à titre personnel, te coûter une fortune, puisque tu ne m'en as jamais transmis la facture avec tes notes de frais !
- En fait, répond piteusement le fondateur de la start-up, ce goban m'a été offert par le patron de la société de distribution rencontré lors de ma première visite à Shangaï, société que nous avons retenue pour étudier le lancement en seconde phase de notre produit en Chine.
- Alors tout s'explique, s'exclame le directeur financier en renversant le goban, dispersant par la même toutes les pierres sur le sol.

Une fois le goban retourné et le fond démonté apparaissent au grand jour : un micro, un émetteur, une imposante batterie au lithium et une antenne ! Juste quelques pierres judicieusement déposées en tout début de partie.

Le voyage

Par l'intermédiaire de l'association Atlantique Nantes Chine, nombre de ses adhérents ont eu l'occasion de voyager dans l'Empire du Milieu.

L'opportunité pour trois auteurs de l'atelier d'écriture de s'en inspirer, pendant que le quatrième choisit l'inverse : deux chinoises en France, quant au cinquième, il nous emporte dans un tout autre type de voyage.

120

FAIRE SA VALISE

Yveline Canal

Tirée de mon long séjour dans le grenier, je subis un grand dépoussiérage. Sophie ouvre les fermetures. Hum ! Ça sent bon, un long voyage.

Ma toile noire est un peu usée, décolorée, il faut dire que j'ai déjà fait du chemin. Je suis impatiente de connaître notre prochaine destination. J'aime cette effervescence d'avant voyage, j'aime entendre ma propriétaire parler de ce qu'elle va emporter, ou pas, du temps qu'il fera là-bas, de ce qu'elle va acheter…

Voilà ça y est, je sais, j'ai jeté un coup d'œil sur les papiers qu'elle vient de glisser dans son sac à dos : le Yunnan en Chine !

On me hisse dans le coffre de la voiture. Curieusement, nous partons vers le sud-Loire. Ah ! c'est pour du covoiturage. Je me serre pour laisser de la place aux deux rutilantes valises des amis. Elles sont drôles, elles ont une sangle arc-en-ciel, pour mieux les reconnaître me dit Sophie.

Gare de Nantes, sortie sud ; sur les pavés nos roulettes sont tremblotantes, je rassure mes nouvelles amies, ce sera plus facile dans le hall de gare tout neuf.

Nous sortons à la gare de Roissy, direction l'hôtel. Mais non ! Nous ne sommes pas encore arrivées. Quelle impatience chez les jeunes.

Le lendemain, 8 heures, départ vers l'aérogare, nous sommes chargées sans ménagement dans la navette. Le déchargement est tout aussi musclé et quand Sophie étire la poignée de mon roller, elle lui reste dans les mains. Sophie dit que ce n'est pas grave, la poignée du dessus est très solide.

Voilà, nous avons trouvé le bon guichet. Un peu inquiets, nos propriétaires n'ont pas réussi à s'enregistrer sur internet, se pourrait-il qu'il y ait du « surbooking » ? Nous commençons une longue attente avec une foule de Chinois.

Ouf ! Nous sommes sur le tapis roulant, pesées, étiquetées, scannées, en route vers l'aventure !

Je n'aime pas trop l'avion, j'ai tellement peur de ne pas retrouver Sophie. D'autant que nous avons un transfert à Pékin. Si je me perds, qui viendra me chercher ?

Pékin, nous sommes bien acheminées sur Kunming. Je me suis fait de nouvelles amies, les valises de Patricia, Guylaine, et Anaïck. A l'arrivée sur le tapis de livraison de Kunming, nos propriétaires se précipitent, angoissés qu'ils étaient de ne pas nous récupérer.

On roule vers la sortie. Jeanne nous attend, c'est la guide. Mignonne et dynamique, elle tient un panneau « Atlantique-Nantes-Chine ».

Petit voyage jusqu'à l'hôtel dans un autocar grand luxe. La chambre, enfin, on m'ouvre !

Petite nuit, il faut partir de bonne heure. Nous roulons vers Yuan Yang, avec un arrêt à la forêt de pierres. Jeanne est interrompue dans ses explications, un appel téléphonique l'avise qu'elle a oublié une cliente sur le parking de l'hôtel. Demi-tour pour l'autocar. Jeanne est navrée et honteuse, c'est la première fois que cela lui arrive, elle avait compté les bagages mais pas les clients

Après beaucoup de virages dans la montagne, le car s'arrête dans un joli village en bordure des rizières en terrasses. L'hôtel est en contre-bas de la route et c'est une jeune femme qui vient en triporteur chercher les bagages. Handicapée comme je le suis, Sophie n'aurait jamais pu me descendre. Quand elle ouvre ma fermeture éclair, j'entends des enfants qui rentrent de l'école. Par la grande baie vitrée, les rizières scintillent au soleil qui décline. Demain je me réveillerai de bonne heure pour voir les reflets orangés du lever du jour.

Pas de chance, ce matin il pleut, c'est le début de la mousson. Nous, les valises nous restons dans nos chambres. Sophie et ses amies doivent aller voir un marché traditionnel.

Sophie prend aussi ses chaussures de marche pour la grande balade dans la forêt en bordure des rizières. Elle me montrera ses photos ce soir ou cette nuit si elle ne dort pas.

Au matin, départ vers d'autres montagnes et d'autres villages. Le midi repas chez des habitants qui vont danser pour les clients de Jeanne. Nous roulons maintenant vers Jianshui. Dans le coffre il y a une nouvelle compagne, une valise chinoise, rouge et brillante, très légère puisqu'elle est vide.

À l'arrêt, le chauffeur aide à descendre les bagages, je suis étonnée de voir que la valise rouge nous suit dans la chambre. Encore plus surprise quand Sophie me vide pour remplir cette intruse. Bien, je ne suis pas contre le partage, je me demande seulement ce que je vais contenir !

Encore une nuit à Jianshui, Sophie a acheté des petites poteries qu'elle pose tout près de moi, pas très encombrants bien emballés, de jolis cadeaux pour les voisins et amis. De bonne heure, Sophie s'active, aujourd'hui nous devons prendre le train vers le nord du Yunnan. Les trousses de voyage et les paquets cadeaux rejoignent les vêtements dans la valise rouge. Le sac à dos absorbe l'appareil photo qui me fait un clin d'œil un peu triste avant de disparaître. Tout est bouclé et moi je reste là béante et surtout vide.

Sophie parle à Jeanne, la petite guide, elle dit qu'elle va me laisser là dans cet hôtel, avec des inconnus qui ne me comprendront pas.

Voilà, pour moi le voyage est terminé. Le petit garçon d'une employée m'a réquisitionnée, il met tous ses jouets dans une de mes grandes poches et se fait un petit nid douillet avec des couvertures dans l'autre partie. Tiens ! Il s'est endormi.

Jeanne est de retour à l'hôtel, elle est avec des amis. Elle raconte en voyant l'enfant, que cette valise était celle d'une de ses clientes qui avait choisi de m'échanger contre une valise chinoise. Cette cliente n'avait pas eu de chance, arrivée à Kunming, sa valise n'avait pas résisté aux soubresauts causés par les marches des escaliers de la vieille gare. La valise s'était fendue ! À l'aéroport il avait fallu la consolider en l'enveloppant de films plastiques.

UNE RENCONTRE IMPROBABLE
Yunnan, mai 2024

Brigitte Mergey

Soudain, alors que la pluie battante rend les pavés de pierre glissants, une main puissante et vigoureuse me saisit le bras gauche pour me soutenir et m'aider. Je suis emportée et, en tournant ma tête, cachée par la capuche de mon imperméable, je découvre avec surprise le visage souriant et confiant d'une grande femme habillée dans son costume traditionnel noir et bleu. Elle m'accompagne jusqu'au bâtiment sans caractère, une salle très basique, qui sert de lieu de réunion et de festivité au petit village de Niujiaozhai, village isolé situé à environ quarante minutes en voiture de Yuanyang. Elle fait partie des femmes Yi qui nous ont invités à venir voir un petit spectacle. Celui-ci nous est offert après avoir dégusté un repas copieux et délicieux que deux autres villageoises nous ont préparé avec tant d'attentions dans une maison si modeste.

Nous allons nous asseoir au fond de cette salle très dépouillée avec juste une douzaine de petits tabourets bas en plastique pour nous accueillir. Nous les regardons se préparer avec curiosité. Elles sont quatre femmes, la cinquième n'arrivant pas à calmer son petit garçon en pleurs qui ne voulait pas la quitter des bras et qui restera à l'extérieur. Elles sont habillées de leurs tenues traditionnelles composées d'un pantalon noir avec des bandes bleues brodées au niveau des genoux, des carrés

125

aux dessins brodés chatoyants derrière leur pantalon, une tunique blanc ivoire en partie recouverte de broderies colorées délicatement, les cheveux noirs maintenus par un chignon relevé ou une grande natte et, sur leur tête, une coiffe à la forme étrange qui, à chaque pas, remue des petites perles ou des petites pièces qui brillent sur tout son pourtour argenté.

Puis, le spectacle commence au son d'une musique douce et entraînante et la magie opère. Elles nous séduisent très rapidement par leur grâce et leur entrain. Elles dansent par deux. Deux d'entre elles sont très grâcieuses dans leurs gestes doux, enchaînés avec maîtrise mais, pas du tout souriantes, le visage grave et concentré, comme ailleurs. Par contre, les deux autres, moins fluides dans leurs mouvements, diffusent une joie de vivre, un bonheur à nous offrir quelque chose qu'elles aiment dans leurs beaux costumes et au son de la musique très rythmée.

Elles appartiennent à cette communauté de femmes où le travail de chaque jour est harassant, obligées de vivre chichement, de porter sur leur dos des paniers remplis d'aliments, de récoltes, de terre, de mortier, de briques et de ciment, de pierres, là où on ne voit jamais les hommes : mais où sont les hommes pendant ce temps-là ? « Ils les regardent faire, car traditionnellement les reins des femmes seraient plus solides que les leurs, donc ils leur laissent faire les travaux physiques les plus pénibles. »

Ces femmes pauvres, le visage buriné par le soleil et le vent, les yeux perdus dans le vague, le dos courbé sous des charges de plus de trente kilos souvent, remontant les rues ou les rizières pentues, inlassablement, chaque jour, chaque semaine, des années durant.

Ces quatre femmes que nous avons connues brièvement, se transforment, se magnifient, s'épanouissent, s'évadent dans les danses et les chants qu'elles offrent à notre public ébahi, Elles nous convient à danser avec elles et tout le groupe s'empresse de répondre à leur invitation, sauf moi, car il y a des pas avec des petits sauts et je sais que mon pied n'aime pas ce genre de cabrioles. Tout le monde est conquis. C'est un moment magique où chacun, chacune, comme il le peut, se rapproche par la danse avec elles.

Entre deux danses, la meneuse du groupe, celle au sourire rayonnant qui m'a aidée en arrivant, nous joue « Au clair de la Lune » avec simplement une feuille d'arbre entre les lèvres et le souffle de sa bouche. C'est magnifique ! Pur, cristallin, sans aucune fausse note. Ensuite, elle vient vers nous et nous distribue également des feuilles pour que nous puissions essayer. Quelques-uns et quelques-unes d'entre nous, moi, arrivent à sortir quelques sifflements balbutiants. C'est amusant. Elles sont chaleureusement applaudies et sont tellement fières et heureuses.

Puis, le spectacle terminé, elles vont chercher, chacune, de gros ballots de toile dont elles déballent le contenu à même le sol. Ce sont des broderies qu'elles confectionnent elles-mêmes. Ainsi, la tradition perdure et elles gagnent un peu d'argent en les vendant.

Elles sont ravies car nous leur achetons quelques sacs originaux, des broderies, des ceintures...

Puis, c'est l'heure du départ, de reprendre le car, de la séparation. En repartant à pied avec notre groupe, sous la pluie, arrivée à un petit dénivelé de pierres qui me rend extrêmement prudente, donc gauche, me voilà de nouveau presque soulevée par la meneuse du groupe de danseuses.

Elle rit avec sa bouche, avec ses yeux, avec son corps et m'accompagne fermement jusqu'à notre « Minibus » de luxe de dix-huit places. Là, alors que tout le monde est déjà l'intérieur, il se passe un moment magique, incroyable, inattendu, comme si plus rien de réel n'existait. Cette femme, que je ne connais pas, m'offre le plus beau cadeau du monde. Un sourire rayonnant de bonté et d'amitié, un moment de partage unique : le pays, la langue, la culture, la physionomie n'existent plus, ne sont plus une frontière. L'amitié sans pudeur s'exprime au travers de nos sourires, de nos étreintes du départ ... le moment est venu.

Je sais que dans la culture chinoise, la pudeur et le contrôle des émotions est important et, soudain, alors que je ne m'y attends pas, elle me fait comprendre, les yeux pétillants de malice, qu'elle souhaite m'embrasser sur les joues ! C'est tellement naturel, c'est tellement pur, l'amitié universelle que l'on souhaiterait journalière, la gentillesse, les murs qui tombent, le soleil qui brille en nos cœurs. Comme j'aurais voulu avoir plus de temps pour la connaître un peu mieux !

Voilà l'un de mes plus beaux souvenirs du Yunnan. Chaque fois que j'y repense, une paix intérieure m'envahit et je m'envole vers ce petit village. Je garde en mémoire et en mon cœur ce moment unique et magique qui m'apaise et me réconcilie avec le monde entier, porteur d'espoir.

TRÉSORS DU SICHUAN

Edmond Pelé

Chine printemps 1991. Augustin Paradis arrivait à Chengdu. Depuis longtemps il rêvait de parvenir jusqu'à la capitale du Sichuan. Il était là avec l'intention de profiter de quelques jours pour découvrir le Sichuan. La province recèle de très nombreux trésors : nature, paysages, sites religieux ou historiques, activités des hommes. Le séjour s'annonçait court et les déplacements possibles en bus s'avéraient souvent longs. Il convenait d'être efficace. Une fois mesurées toutes les contraintes, son choix se porta sur trois trésors dont la découverte s'enchainait aisément. Placés dans la même direction il devait être possible de les aborder sans perdre de temps.

Le lendemain de son arrivée à Chengdu, il prenait un bus pour approcher un premier trésor : le site de Dujiangyan. Spectaculaire, en place depuis 2000 ans, il porte la marque de l'homme. Situé sur la rivière Mingyan, le lieu est connu pour son système hydraulique. Depuis la Chine antique et encore aujourd'hui, il assure l'irrigation de la plaine. Un temple est dédié à l'ingénieur concepteur Li Ping et à son fils Erwang. Avec ses toits courbés, le temple présente une large ouverture qui donne accès à une salle où se placent sur un autel des offrandes en l'honneur des ingénieurs d'un temps lointain.

Augustin, au cours de sa visite, parvint à un point haut où il découvrit le système créé pour retenir l'eau si précieuse, la forcer à suivre des canaux et se diriger vers les rizières proches et plus éloignées. Augustin prit quelques notes sur son carnet de voyage. Le système hydraulique à ses pieds l'impressionnait par son ancienneté et son efficacité, révélateur du génie inventif chinois. Augustin Paradis était pleinement satisfait par la découverte de ce premier trésor.

Mais déjà son imaginaire le portait vers une prochaine étape. Il devait se diriger vers la ville de Leshan installée sur la plaine, adossée aux Monts Lingyun et Wuyou aux confluents de trois rivières. Augustin Paradis gagna un espace où l'on pouvait admirer, en face sur l'autre rive un gigantesque bouddha de plus de 70 m de haut. Placé aux confluents des trois rivières, il fut sculpté il y a plus de 1300 ans. A l'époque, de ce monument de la foi bouddhique, on attendait une influence bénéfique pour ralentir le courant des eaux et assurer une meilleure sécurité de navigation. Du bouddha émanaient force et sérénité. Transporté loin dans le temps passé, Augustin prolongeait sa contemplation, s'inclinait devant l'œuvre laissée par des hommes de foi. Ce deuxième trésor lui apporta la plus grande émotion.

Il savait que le bouddhisme avait laissé d'innombrables traces au Sichuan. Dans le temps prévu pour son séjour, il avait retenu la visite de l'Emeishan, montagne sacrée du bouddhisme dominant la plaine de 2 000 m mais culminant à plus de 3 000 m au- dessus du niveau de la mer. La montée au sommet se ferait sur plusieurs journées par un chemin de marches (60 000) au sein d'une nature luxuriante avec ici ou là, la présence de petits singes malicieux, virevoltants et avides des nourritures que les voyageurs ou les pèlerins emportaient avec eux. Le parcours est ponctué de nombreux temples, certains minuscules propices à une prière discrète, d'autres des monastères plus imposants où il trouva gîte et couverts. Des lieux bienvenus pour se reposer d'une montée longue et fatigante.

Augustin Paradis avait donc entrepris l'ascension sur le chemin dallé, il lui restait une petite heure de montée. Pas de foule autour de lui, des brumes passagères estompaient, selon les caprices du vent, le chemin ou la forêt environnante. Dans un moment de bonne visibilité, il entrevit devant lui trois silhouettes qui montaient vers le sommet. Il distinguait nettement la couleur safran de leur habit, probablement des moines. L'un des trois s'appuyait sur un bâton. Ils avançaient à un rythme régulier. Dans un ultime effort, les trois moines suivis par Augustin Paradis parvinrent au sommet. « Le sommet d'or » (Jinding) se présentait comme une vaste plate-forme avec des bâtiments et au centre un stupa. Les moines se dirigèrent vers le temple Huazang (Huazang Si) édifié au 14ème siècle sous les Ming. Ils entrèrent dans le lieu sacré, ignorant le stupa d'où s'élève le boddisattva (Pu Xian) Samantabhadra. La statue est installée sur quatre éléphants et accomplit le geste de protection et de compassion. Ainsi le stupa et sa statue dominent les lieux de 40 m.

Des bordures en escaliers se succèdent et enserrent le stupa. Elles portent les urnes de maîtres bouddhistes. Augustin Paradis était pétrifié à la vue du Temple d'or et surtout de ce stupa surdimensionné, couronné de la statue du bouddha Pu Xian.

Un moment, il resta figé face à ce spectacle ; le lieu inspirait le solennel, le sacré.

Il amorça lentement le tour du stupa, son regard sautant d'une urne à l'autre incapable de comprendre les inscriptions portées sur chacune d'elles.

Les trois moines sortirent du temple, rejoignirent Augustin Paradis et lentement amorcèrent le tour du stupa. Pas de doute, Augustin avait devant lui des moines pèlerins. Il remarqua le bâton sculpté du moine toujours objet de déférence de la part des deux autres. Ensemble, ils progressaient lentement autour du stupa. Affûtant son observation, Augustin constata que les trois personnages au teint cuivré n'avaient pas le type asiatique encore moins chinois. D'où venaient-ils ? Mystère.

Engagé dans son parcours circulaire, le moine au bâton s'arrêta soudain, se posa face à une urne qu'il désigna de son bâton. Il était tout près d'Augustin. Dans le mouvement de son bras, l'habit du moine se releva et découvrit légèrement l'avant-bras. Surprise ! Distinctement, Augustin repéra deux bracelets qui s'entrechoquaient lançant de furtives lueurs dorées. À la main, deux imposantes chevalières tout aussi dorées cernaient deux doigts. Un nouveau mouvement de l'habit découvrit autour du cou du moine une chaîne au reflet jaune brillant. À l'évidence ce moine portait des bijoux en or. Contraste saisissant avec sa robe bouddhique safran symbole de sobriété. Pouvait-il s'agir d'un grand maitre (Shifu) au-dessus de la règle d'humilité ? Augustin Paradis ne trouva pas d'explication à ce spectacle aussi imprévu qu'insolite.

La quête des trésors du Sichuan recélait bien des surprises.

RÊVES DERRIÈRE UN RIDEAU DE CRISTAL

Bernard Conseil

- Dis maman, c'est quoi ces fleurs séchées entre les serviettes de bain ? J'aime beaucoup leur parfum !
- Hua, c'est de la lavande. C'est Tatie Wen qui l'a rapportée de France lors de ses dernières vacances d'été. Tiens, regarde ses photos sur mon compte We Chat.
- C'est super ! moi aussi, je voudrais y aller. Tu sais, en ce moment toutes mes copines font circuler des photos de champs de lavande.
- Oui, c'est probablement dû à la série qui passe le soir à la télé (*).

(*) « Rêves derrière un rideau de cristal » raconte l'amour impossible entre un riche industriel français et une jeune touriste chinoise.

Il s'agit d'une série télévisée chinoise de 40 chapitres, tournée en France en 2006, et suivie par plus de 200 millions de personnes chaque soir. Quelques scènes se déroulent sur le Plateau de Valensole en Provence.

Quelques mois plus tard comme des dizaines de milliers de chinois, Hua, enfant unique et sa mère prennent l'avion pour Paris. Ce sera une bonne semaine dans la capitale et quelques jours en Provence, le tout en mode économique : voyages et visites en groupe, déplacements en autocars, repas dans des restaurants chinois et hôtels d'entrée de gamme.

Paris, au Musée du Louvre, tassée dans la foule se pressant devant le tableau d'une femme qui sourit, Hua ne peut s'empêcher de râler :

- Mais Maman, pourquoi tout le monde s'empile devant ce petit tableau, alors que devant le très grand derrière nous, il n'y a personne ?
- Oui tu as raison, mais la Joconde est connue mondialement. Il faut absolument la voir. Tiens, on va faire un selfie de nous deux devant elle.
- … (silence boudeur)
- Ah tu fais ta tête des mauvais jours. On va le refaire et cette fois-ci, s'il te plait, souris comme Mona Lisa.
- C'est qui ?
- Mais la dame du tableau, voyons !

Toujours à Paris, ce même jour, une fois sorti du Louvre et ayant traversé le jardin des Tuileries avec ses statues et ses pigeons, le groupe remonte dans l'autocar qui les attend place de la Concorde. La guide est alors fière d'annoncer que la Place Tian'anmen est six fois plus grande que celle de la Concorde et cinq fois la Place Rouge. Puis, le groupe remonte lentement les Champs-Élysées, mais ne s'arrête pas devant les magasins de luxe.

- C'est dommage, j'aurais bien aimé rapporter un sac Lui Bitton. J'aurais fait très chic devant mes collègues de travail. Mais c'est vraiment hors de prix pour nous, pas comme pour ta tante Wen. C'est vrai que ton oncle Wong profite d'un poste important au parti.

Le lendemain, sur la route du château de Versailles, le car les arrête peu avant midi pour déjeuner dans l'imposant restaurant chinois de Viroflay, plutôt une cantine.

- Maman, ce restaurant c'est comme à la maison et encore, en moins bon ! J'aimerai goûter à la cuisine française et pouvoir manger avec une fourchette.
- Je te comprends, mais nous, on travaille en usine. Une fois le billet d'avion payé, il ne reste plus beaucoup de yuans pour le reste.
- Et puis en plus, on ne parle pas français, alors comment ferions-nous ?
- T'inquiète pas, on fera face à la difficulté, rassure-t-elle sa fille.

Des difficultés, ce groupe de chinois en a déjà affrontées quelques-unes. D'abord à l'arrivée, ils ont subi la grève de la police des frontières avec des heures d'attente après un long voyage coincés, dans des sièges exigus. Ensuite, il a fallu porter les bagages jusqu'à l'hôtel situé au fond d'une impasse, puis monter les quatre étages à pied. Au moins, ils ont été plus chanceux que d'autres touristes chinois, aspergés de gaz lacrymogène avant de monter dans le bus pour rejoindre l'avion de retour, puis dépouillés de tous leurs achats parisiens.

Parallèlement, il leur a fallu toujours faire attention à ne pas perdre le groupe ou se trouver aspirés par un autre et ramenés le soir au mauvais hôtel. Heureusement, chaque guide à sa propre couleur de parapluie. Le leur est rouge, d'autres sont violets, bleus, verts, curieusement pas de parapluies jaunes.

Enfin, c'est le départ en car de nuit vers la Provence. Au petit matin, la grande station autoroutière de Montélimar leur propose une halte pour le petit déjeuner.

- Dis Maman, je ne vois pas de riz, ni de baguette. Par contre, il y a des fourchettes et même des couteaux ! s'exclame-t-elle.

Hélas, à cette heure, le self ne sert que des petits déjeuners continentaux. Mère et fille, se contentent de tartines beurrées, d'un croissant (une nouveauté) et d'un très mauvais thé.

Puis à nouveau le car roule. Hua a les yeux rivés sur son portable, consultant des séries de photos de lavande ainsi que des scènes tournées en Provence de la fameuse série chinoise. Elle ne fait même pas attention à la guide annonçant les premiers champs de lavande. Elle ne réagit qu'au mot selfie que le guide prononce à propos de ses compatriotes et de la parcelle dans laquelle elle a coutume de les conduire.

Hélas, à destination il n'y a que quelques touffes de lavandes éparses. Le terrain, n'est qu'un lieu aride dévasté par le passage de milliers de touristes chinois tiktokés.

VOYAGE INTERIEUR

Daniel Gorans

Je travaille à l'Institut de recherche sur la tradition Dongba. J'en suis la responsable. Mon mari tient un modeste commerce de souvenirs en ville. J'habite depuis toujours à Lijiang dans le Yunnan et suis fière d'appartenir à la minorité Naxi. Mes grands-parents m'ont raconté que leurs ancêtres vivaient au Tibet, ils s'occupaient de leurs troupeaux en les suivant au fil des saisons. C'étaient de grands voyageurs. Souvent je rêve de pouvoir les imiter, aller et venir au gré des nécessités et des envies. Je n'en ai guère le temps : je dois m'occuper de l'éducation de mes trois filles (je dis mes, car je ne suis pas certaine qu'elles aient toutes mon mari pour père), des relations avec le musée, avec la mairie pour l'organisation des fêtes… Heureusement, mon mari s'occupe de toutes les tâches ménagères.

Ce qui me passionne le plus est de passer du temps avec deux chamanes de notre communauté. Ce sont des puits de science, ils lisent couramment notre écriture en pictogrammes et sont d'une aide plus que précieuse pour l'Institut de recherche. Deux parmi les derniers : un homme qui pourrait être mon grand-père et son fils. Ils m'ont affirmé que j'avais aussi des dons innés pour le chamanisme. J'en doute.

La semaine dernière, la mairie a fait installer des caméras de surveillance, y compris dans et autour de l'institut. Ils affirment que c'est pour la sécurité des citoyens et des touristes. En tant que responsable, j'ai dû me prêter à un test de reconnaissance faciale. Depuis, je me sens épiée dans mes moindres mouvements. J'en viens à me surveiller moi-même. De ce fait, je limite mes allées-venues au strict nécessaire. Je me sens triste. Mon mari m'a conseillé d'en discuter avec les chamanes. Bonne idée.

Hier, je les ai rencontrés au sud de la ville, sur les bords du lac Erhai, là où aucune caméra n'est encore installée. Ils m'ont invitée à partir en voyage. Tout d'abord, j'ai cru à une forme de tourisme et j'ai refusé face à l'idée d'être pistée et reconnue partout où je me rendrai. Ils ont vite dit à quoi ils pensaient : ils me proposent de m'initier au voyage intérieur : avec les pouvoirs dont ils disposent et ceux qu'ils m'attribuent, je dois monter avec eux sur une barque, en costume traditionnel, respirer la fumigation qu'ils utilisent à cette fin, puis me laisser transporter par mes pensées. Ils seront à mes côtés pour parer à tout danger.

J'ai tout dit à mon mari et à mes filles. Ils m'ont encouragée à accepter. Mon premier voyage ne devant pas durer plus de quelques heures, j'ai pris un jour de congé, ai revêtu la tenue traditionnelle avec ma superbe cape « aux yeux de grenouille », dissimulée sous un large poncho en plastique noir et ai rejoint mes guides.

Installés sur l'étroit banc de l'embarcation, suffisamment éloignés de la rive et retenus par une petite ancre, les incantations rituelles commencent. Je me sens bercée, tant par la mélodie que par le léger clapot.

Tout à coup, aux côtés de mon arrière-grand-mère, je chemine entre deux hautes montagnes derrière nos « drimos » (yacks). Le vent froid fouette mon visage mais j'ai bien chaud sous mon manteau et mon chapeau de fourrure. Nous allons bientôt nous arrêter pour la nuit dans le hameau où vit ma grand-tante avec ses fils. Dans sa maison de pierre, brûle un feu de bouses séchées, une bouilloire posée sur le foyer siffle. Le thé au beurre de yack nous est aussitôt offert. Sans longs discours, les nouvelles sont échangées entre deux gorgées de thé brûlant agrémentées de quelques galettes. Les hommes doivent partir surveiller un point d'eau en altitude. Des braconniers à l'affût des « chirus » (antilopes) ont été signalés. Pour nous, elles sont comme sacrées mais la qualité incomparable de leur laine en fait des victimes de choix. Sans savoir comment ni pourquoi, je les accompagne. La route est difficile mais je ne sens pas la fatigue. Nous nous coulons en rampant près du point d'eau, bien décidés à chasser les prédateurs par tous les moyens avant qu'ils n'accomplissent leur méfait. Nous n'avons pour arme que des frondes et savons nous en servir même dans l'obscurité. Heureusement, la pleine lune aide vite à repérer où sont cachés les chasseurs.

Sans mot dire, nous nous répartissons les cibles et les pierres sifflent simultanément, faisant jaillir cris et jurons. Des ombres fugitives s'éloignent au pas de course. Il était temps, le troupeau de « chirus » approche. Nous restons allongés en silence et admirons la grâce sauvage de ces animaux timides. Ils se désaltèrent tout en demeurant aux aguets. Je crois qu'ils ont senti notre présence et peut-être même notre bienveillance. Ils se dirigent avec prudence dans notre direction. A un moment, l'un d'eux s'approche de moi. Mon immobilité est absolue. Je cesse même de respirer mais garde les yeux ouverts. Je croise son regard et sens son souffle chaud sur ma joue. Très émue, je ne peux empêcher mes larmes de couler. Je crois distinguer les paroles du « chiru » : « reviens, tu seras toujours la bienvenue ».

Je tends un bras et veux caresser le noble animal avant son inévitable fuite. Il retombe dans le vide, La voix me murmure à nouveau : « reviens, tu seras toujours la bienvenue ». Mes yeux s'ouvrent, je suis sur la barque, étourdie et épuisée par mon voyage. Les deux chamanes sourient, me serrent les mains. Leur expression me fait comprendre qu'ils se demandent dans quel état je suis. Je les rassure d'un regard. La barque approche de la rive. Je revêts mon poncho noir. Mon mari m'attend, inquiet de ce que j'ai pu vivre. Il a la délicatesse de ne me poser aucune question, sachant bien que je lui conterai mon aventure dans l'intimité de notre couche.

Désormais, je m'interroge : que savent les chamanes de mon voyage ? Divination au-delà des caméras ?

Imprimé en Allemagne
août 2024